Es ist einsam, aber nie langweilig an der Spitze der Nahrungskette.

Gorgobestor, Drache

Impressum:
Die deutsche Ausgabe von
DRACHEN – DIE GEFLÜGELTEN BESTIEN
wird herausgegeben von
Cross Cult / Andreas Mergenthaler,
Teinacher Straße 72, 71634 Ludwigsburg
Übersetzung: Christin Vallin
Lektorat: Katrin Aust
verantwortlicher Redakteur und Lektorat: Markus Rohde
Druck: Hagemayer, Wien

ISBN: 978-3-96658-143-1
Juni 2020
www.cross-cult.de

Redakteurin der Originalausgabe: Johanna Strömqvist

Original title **DRAKAR – STORA BOKEN OM BEVINGADE BESTAR – FRÅN SMAUG TILL KATLA**
First published by Bokförlaget Semic, Stockholm, Sweden
Published in the German language by arrangement
with Bonnier Rights, Stockholm, Sweden
www.semic.se

Peter Bergting

DRACHEN

Die geflügelten Bestien

Die berühmtesten Drachen aus Film, Literatur und Popkultur von Fafnir bis Smaug

cross cult

MEIN DANK GEHT AN

Jonas „Joppe“ Crambert für deine Fähigkeit, meine Texte aus einem Blickwinkel zu sehen, den ich nicht für möglich gehalten hätte.

Carina Jansson für deine umfassenden Kenntnisse im Zusammenhang mit *Game of Thrones*.

Christer Freiholtz, der es tatsächlich gewagt hat, meine Bilder zu kritisieren.

Semic, die mich dieses Buch machen ließen.

SF Bokhandeln für die unglaubliche Unterstützung und dafür dass ihr mich meine Drachen an die Wände eurer Geschäftsräume habt malen lassen.

Liisa Lintunen für die Faktenprüfung.

Johanna Strömqvist, die es schafft, meine Texte lesbar zu machen.

Moa Edlund, die das Unmögliche möglich gemacht hat und diesem Buch seine Form gab.

Marie Schjulström für deine kluge Sichtweise zu *Game of Thrones*.

Anders und Tove Gillbring, die mehr über Rollenspiele wissen als jeder andere auf diesem Planeten.

Jenny Engwall, die sich meine Drachen mit der Lupe angeschaut hat.

Lena Karlin, die mehrere meiner Lieblingsbücher übersetzt hat, in denen Drachen vorkommen.

Leif Jacobsen, Schwedens wichtigsten Tolkien-Experten.

Und nicht zuletzt – an Sofia, Amelie und Tilde.

Peter Bergting

Inhalt

Vorwort

Vor über dreißig Jahren habe ich meinen ersten Drachen gezeichnet. Schon als Kind habe ich unzählige Drachenzeichnungen angesammelt, aber zum ersten Mal in einem Buch erschienen sie im *Magikerns Handbok* zum schwedischen Fantasyrollenspiel *Drakar och Demoner*. Seitdem wurden es Hunderte weitere Drachen, vor allem für das Rollenspiel *Dungeons and Dragons* in den USA, wo ich schon seit vielen Jahren an den Ausgaben des *Dragon Magazine* und des *Dungeon Magazine* mitwirke. Die Coverillustrationen der schwedischen Ausgaben von *Der Hobbit* und *Die Brüder Löwenherz* mit den Drachen Smaug und Katla stammen aus meiner Feder. Mein eigener Drache, Gorgobestor, entstand auf den vielen Trips zur Buchhandlung Science Fiction Bokhandeln in Göteborg.

In diesem Buch habe ich versucht, so viele Drachen wie möglich darzustellen. Nicht alle haben einen Platz gefunden – so ist das nun mal – aber ich hoffe sehr, dass viele deiner Favoriten darin vorkommen.

Zu vielen Geschichten und Figuren finden sich sehr unterschiedliche Übersetzungen der Namen und Handlungen. Ich habe versucht, so konsequent wie möglich zu sein, und habe zusätzlich zu den Übersetzungen die Originaltitel und -namen verwendet.

Die meisten der in diesem Buch enthaltenen Drachen wurden schon früher mehrfach dargestellt. Der Gedanke hinter meinen Illustrationen ist, so weit wie möglich zu den Ursprüngen und Vorstellungen der Verfasser zurückzukehren, unabhängig davon, wie sich die Darstellungen der Drachen auf Buchcovern und in Film oder Fernsehen im Laufe der Zeit verändert haben. Bei meinen Nachforschungen habe ich alte Bekannte wiederentdeckt und einige neue Favoriten gefunden.

Wenn du als Leser durch dieses Buch auf neue Bücher stößt oder vielleicht neue großartige Drachen entdeckst, würde mich das sehr freuen. Es gibt so viele fantastische Kreaturen da draußen.

Peter Bergting, Stockholm, 2019

Was ist ein Drache?

Was hat es auf sich mit der Faszination für Drachen? Und was ist eigentlich ein Drache? Die Antwort findet sich nicht so einfach. Es kommt darauf an, wen man fragt, und die Antworten fallen oft sehr unterschiedlich aus. Den Namen findet man in fast allen Sprachen. Vom frühnordischen *Dreki* bis zum griechischen *Dràkōn*. Aber soweit wir wissen, gibt es niemanden, der je einen Drachen gesehen hat. Weder lebend noch präpariert im Museum, nicht als Fossil oder auf einem verschwommenen Foto.

Carl Sagan hat vermutet, dass sich hinter den Geschichten von Drachen vielleicht eine »Urerinnerung« an Dinosaurier verbirgt, aus der sich sinnbildlich die Figur des Drachen entwickelte. Einleuchtender sind aber wohl eher gemeinsame Mythen, die aus Märchen und der Schöpfungsgeschichte entstanden sind, mit großen Unterschieden in den Kulturen und Religionen. Im Osten waren Drachen Helfer, im Westen der Schrecken. Es war kein Zufall, dass die Wikinger einen Drachenkopf am Bug ihrer Langschiffe anbrachten, wenn sie in den Kampf zogen.

Wie sieht ein Drache aus?

Muss ein Drache Beine und Flügel haben? Unsere einheimischen Lindwürmer hatten sie nicht. Hat ein Drache vier oder zwei Beine? Hat er zwei Beine und Flügel, wird er übrigens Wyvern genannt. Auf welchen Wesen beruhen die Legenden? Ist der Drache ein Pterodaktylus oder eine Eidechse, ein Krokodil oder ein Komodowaran?

In sehr früher Vorzeit dachte man, dass der Drache ein sehr großer Wurm wäre, der sich im Wald versteckt und zwischen den Bäumen auf den Angriff lauert.

In Afrika und Mittelamerika findet man keine Kreaturen gleich unseren Drachen aus der westlichen Welt. Am nächsten käme ihnen wohl noch der in Afrika vorkommende Aido-Hwedo, der Schlangengott, vielleicht besser bekannt aus Wes Cravens Film *Die Schlange im Regenbogen* (*The Serpent and the Rainbow*). Quetzalcoatl, der Drache aus der mittelamerikanischen Mythologie, ist eine gefiederte Schlange und Gottheit. Ken Russel verfilmte Bram Stokers *Der Biss der Schlagenfrau* (*Lair of the White Worm*) mit einem prächtigen weißen Schlangendrachen als Gegenspieler (und Hugh Grant in einer seiner ersten Rollen).

Im Lauf der Zeit haben sich auch die Drachen verändert und entwickelt. Vom 15. Jahrhundert und dessen etwas eigenartigen Mischwesen mit Schwanz und Schuppen bis hin zu den herrlichen Kreaturen, die wir heute sehen. Sie alle zusammen sind das Produkt von kreativen Autoren und Illustratoren. Der Drache aus der antiken griechischen Sage um Jason und seine Argonauten bekam in dem Fernsehfilm aus dem Jahr 2000 ein neues, modernes Gewand, inspiriert von der jetzigen modernen Auffassung, wie heute ein Drache aussehen sollte, anders als die alten Zeichnungen auf antiken Tonkrügen.

Drachenflügel unterscheiden sich kaum von menschlichen Armen mit ausgestreckten Fingern.

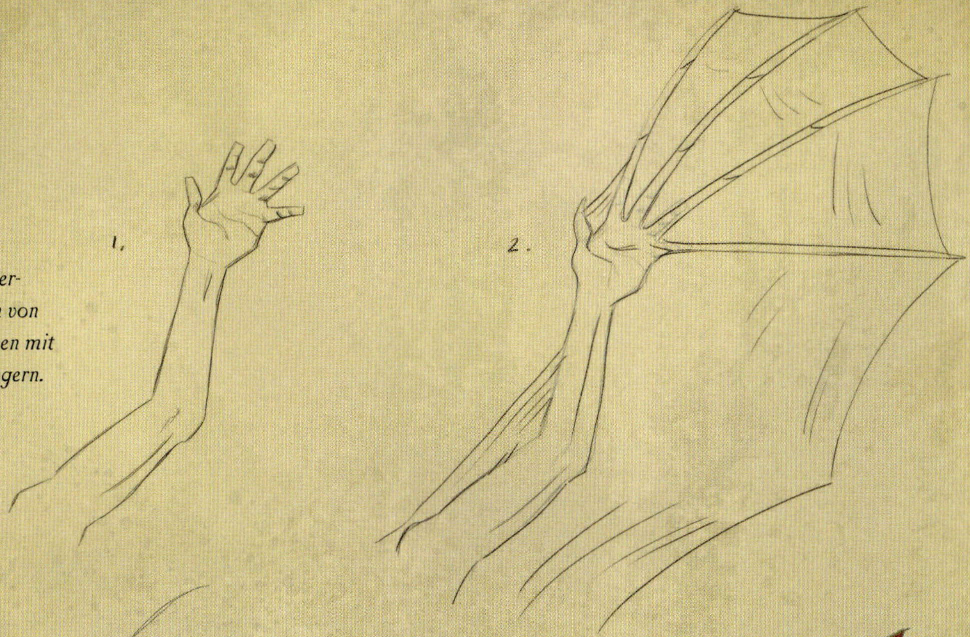

Gewöhnlich hat ein Drache seine Flügel neben den Schulterblättern, aber es gibt auch viele Arten, bei denen sie sich mittig auf dem Rücken befinden.

Wenn man sich die Flügel wie Arme vorstellt, geht der Wyvern auf seinen Handknöcheln, wenn er nicht fliegt.

Historische Drachen

Dies ist kein Geschichtsbuch, aber wenn wir die alten Legenden kennen, gibt uns das ein besseres Verständnis für die modernen Drachen und ihren Ursprung. In den frühnordischen Sagen und den alten germanischen Mythen finden wir Beowulf, den Lindwurm, Fáfnir, Jörmungandr und viele andere. Die meisten in der westlichen Welt bekannten Drachen basieren auf ihren Geschichten. Aber wenn wir uns nur einen Steinwurf weit Richtung Osten umschauen, finden wir: Smok Wawelski in Polen (seine Knochen sind in der Wawel-Kathedrale zu Krakau zu besichtigen), Zmey Gorynych, den slawischen Drachen (unter anderem porträtiert von meinem persönlichen Lieblingskünstler, dem Russen Ivan Bilibin) und den katalanischen Drachen Drac, dessen Atem töten kann, ähnlich wie Astrid Lindgrens Katla. Aber Drachen begegnet man in allen Religionen und zu allen Zeiten, wie Kukulkan bei den Mayas und Qinglong aus China, um nur zwei zu nennen. Vielleicht sind es die Legenden und die Faszination für Drachen an sich, die uns veranlassen, immer wieder Geschichten über sie zu erzählen, unabhängig von Kultur oder Religion.

Östliche Drachen haben ihre Wurzeln in Religion und Philosophie. Im Taoismus und Shintoismus sind sie nicht nur Wesen, sondern auch Symbole bestimmter Eigenschaften oder Personen und werden ent-

Der Jabberwocky, frei nach Sir John Tenniel

Drache aus dem Mittelalter

sprechend dargestellt. In Japan zum Beispiel lässt man zwischen zwei Häusern Platz, um dem Drachen, der oben in den Bergen lebt, ungehinderten Zugang zum Ozean zu ermöglichen. Im Feng Shui, der alten daoistischen Lehre von Harmonie und Energie, ist der Drache ein Krafttier und beschützt den Osten. Ziel ist es, die Welt zusammenzuhalten. Es gibt viele Anwendungsgebiete, zum Beispiel im Ahnenkult, der Gartengestaltung, der Architektur und Zimmergestaltung.

In der westlichen Welt symbolisieren Drachen das Übel und den Teufel, die in der christlichen Religion bekämpft werden müssen. Der Kampf des Erzengels Michael gegen den siebenköpfigen Drachen, der Satan verkörpert, ist jedoch mehr als ein Gleichnis anzusehen als eine existierende Kreatur. St. Georg und der Drache – besonders auf den Gemälden von Paolo Uccello aus dem 14. Jahrhundert – haben wirklich wenig gemeinsam mit den Drachen, wie wir sie uns heute vorstellen.

Smaug, in der Filmversion

Der Drache Fáfnir, frei nach Arthur Rackham

Drachen in der Popkultur

Kein Drache aus der zeitgenössischen Fantasy, ob Drogon aus *Game of Thrones*, der Norwegische Stachelbuckel aus *Harry Potter* oder Smaug in der Verfilmung von *Der Hobbit*, sieht so aus wie die Drachen vor vierzig oder fünfzig Jahren. Tolkiens Smaug basiert sicherlich auf dem Drachen aus *Beowulf* und vermutlich auf früheren Zeichnungen von J. R. Skelton, aber spätere Künstler haben ihre Drachen nach eigenen Vorstellungen entworfen. Fuchur aus *Die unendliche Geschichte* und Haku aus *Chihiros Reise ins Zauberland* wurden von asiatischen Drachen inspiriert. Das moderne Bild eines Drachen ist stark angelehnt an das Rollenspiel *Dungeons & Dragons* und Künstlern wie Larry Elmore, Jeff Easley, Clyde Caldwell und Keith Parkinson (um nur einige meiner eigenen Favoriten zu nennen).

Die Rolle, die Drachen in unserer Popkultur einnehmen, verdanken sie dem Wachsen der zeitgenössischen Fantasy. Früher hatten die Geschichten einen Hang zum Übernatürlichen, besonders im Volksglauben und im Glauben an Unsterblichkeit und das Leben danach. Aber alle Fiktion war immer noch verwurzelt in Erlebnissen und der Wirklichkeit. Die ersten großen Fantasyerzählungen in der modernen Kultur, wie etwa von M. R. James, H. P. Lovecraft, E. T. A. Hoffman, Poe, Gogol, und Le Fanu erforschten dieses alte Thema und folgten den alten Wegen.

Es war J. R. R. Tolkien, der den Grundstein legte für das, was wir heute Fantasy nennen. Der Professor aus England hatte die Vision einer nicht existierenden Welt. Es war nicht beabsichtigt, daran zu glauben, was man las. Es war erfunden, pure Fantasie. In früheren Zeiten dagegen sollte man das Gelesene auch für wahr halten. Elfen und Trolle gab es wirklich. Zeitgenössische Fantasy ist nur Fantasie und es gibt sie nicht in der Wirklichkeit. Mittelerde und Sauron haben nie existiert. Aber zum ersten Mal haben Autoren andere Welten erschaffen, die so echt erscheinen wie unsere eigene.

Heutzutage sind Fantasy und Drachen so beliebt und populär wie nie zuvor. Tolkien war vielleicht nicht der Erste, aber er hat ein neues Genre erschaffen. Die Trilogie *Der Herr der Ringe* war so erfolgreich, dass sie die Vergangenheit und Zukunft der zeitgenössischen Fantasy vollkommen überschattet. Viele wollten den Spuren Tolkiens folgen und seitdem hat jede neue Generation der Fantasyliteratur ihr ihren eigenen Stempel aufgedrückt. Autoren wie Robert E. Howard, Fritz Leiber und Michael Moorcock haben das Genre Fantasy zu dem gemacht, wie wir es heute kennen, und es erreicht jetzt ein viel größeres Publikum.

Aber ohne *Der Hobbit* und *Der Herr der Ringe* würde die Landkarte der Fantasygeschichten ganz anders aussehen. Und ohne *Der Hobbit* gäbe es keinen Smaug.

Ancalagon Der Schwarze

Das Silmarillion (Silmarillion), 1977, *Das Buch der verschollenen Geschichten (The Book of Lost Tales)*, 1983
J. R. R. Tolkien

Das Silmarillion von J. R. R. Tolkien wurde nach seinem Tod veröffentlicht und enthält Texte, die die Erzählungen über die Welten von Mittelerde weiter vertiefen. Das Buch wurde von Tolkiens Sohn Christopher fertiggestellt, der auch das vorhandene Material abschließend überarbeitet hat. Ebenso brachte er *Das Buch der verschollenen Geschichten* (*The Book of Lost Tales*) heraus. Es basiert auf einem früheren Manuskript, das später die Grundlage für die Texte in *Das Silmarillion* wurde. Smaug ist wohl der bekannteste von Tolkiens Drachen, aber wenn man bereit ist, tiefer in seine Geschichten einzutauchen, wird man schnell belohnt.

Ancalagon der Schwarze war der Größte seiner Art, der jemals auf Erden gewandelt ist, nicht nur in Mittelerde. Seine Größe variiert in den jeweiligen Geschichten etwas, abhängig von den Quellen und Illustratoren, aber er soll so groß sein, dass sein Körper bei seinem Tode drei gigantische, aktive Vulkane zerstört. Ancalagon wird von Eärendil getötet, einem Halbelben, dem es gelingt, die Götter, die Valar, zu überreden, gegen Morgoth zu kämpfen, der früher einer der ihren war (damals noch unter dem Namen Melkor). Genau wie Smaug und Glaurung war Ancalagon ein Urulókë, ein Feuerdrache. Diese drei sind die Einzigen in Tolkiens Büchern, die mit Namen genannt werden. Aber auch wenn sie verwandt sind, gleichen sie sich nicht. Glaurung hat keine Flügel, was damit erklärt wird, dass er der Erste seiner Art war und seine Nachkommen sich mit anderen Eigenschaften weiterentwickelt haben.

Im Krieg des Zorns schickt Morgoth Horden von Feuerdrachen, angeführt von Ancalagon, in den letzten großen Kampf. Eärendil fliegt sein Schiff, die Vingilot, und hat eine kleinere Anzahl der Großen Adler zur Hilfe, die später auch in der Saga *Der Herr der Ringe* erscheinen. Ancalagons Tod über dem Vulkan Thangorodrim bedeutet das unmittelbare Ende von Morgoths Welt.

Sauron, der vielleicht besser bekannt ist aus den Verfilmungen von Der Herr der Ringe, *war Morgoths Untertan. Der Zauberer Gandalf erwähnt Ancalagon bei der Beschreibung der Geschichte des Herrscherringes. Aber nicht einmal das Feuer des mächtigen Drachen konnte den magischen Ring schmelzen, der erst von Bilbo und später von Frodo getragen wird. Eärendil, der Ancalagon tötete, ist auch der Vater des Halbelben Elrond, der dann Frodo aussendet, den Ring zu zerstören.*

Feuerdrachen werden manchmal von Balrogs geritten, Geschöpfen, denen man sicher nicht im Kampf begegnen will.

BALERION

Das Lied von Eis und Feuer (A Song of Ice and Fire), 1996
George R. R. Martin

GEORGE R. R. Martins Fantasyepos *Das Lied von Eis und Feuer*, besser bekannt als *Game of Thrones*, ist eine der größten Fantasygeschichten. Es gibt sie ebenso als Bücher, auch wenn die Fans nun viele Jahre auf die Fortsetzung in Form der letzten zwei Teile warten mussten.

Balerion taucht nicht in den Büchern auf, aber er spielt eine große Rolle in den Geschichten um Westeros und wird dort häufig erwähnt. Seine Schuppen sind schwarz und er spuckt schwarzes Feuer. Er ist so groß, dass er mit seinen Flügeln eine ganze Stadt verdunkeln kann. Nur Mitglieder der Dynastie der Targaryen können diesen Drachen reiten. Aegon I. Targaryen trainiert Balerion und brennt mit ihm einen großen Teil des Schlosses Harrenhal nieder. Gemeinsam mit seinen Schwestern Visenya und Rheanys nimmt Aegon am größten Angriff teil, den der Kontinent je gesehen hat. Die Schwestern reiten die Drachen Vhagar und Meraxes. Noch einige andere reiten Balerion: Aegon heiratet seine Schwester Visenya. Ihr Sohn Maegor der Grausame ist der Nächste nach Aegon, der den Drachen reitet. Sein letzter Reiter, bevor Balerion stirbt, ist Prinz Viserys I. Targaryen. Und es ist Balerion, der die Schwerter der besiegten Feinde Aegons einschmilzt, aus denen dann der Eiserne Thron geschaffen wird.

Balerions Schädel hing zusammen mit achtzehn weiteren im Thronsaal des Roten Bergfrieds, bis König Robert I. Baratheon sie abnehmen und in die Kellergewölbe bringen ließ.

Chrestomancis Hausdrache

Neun Leben für den Zauberer (Charmed Life), 1977
Diana Wynne Jones

Diana Wynne Jones ist den meisten dadurch bekannt, dass ihr Buch als Grundlage für Hayao Miyazakis Anime-Fantasy *Das wandelnde Schloss* (*Hauru no Ugoku Shiro/ Howl's Moving Castle*) diente. In der Fangemeinde des Fantasygenres ist sie eine der ganz Großen. Sie war es, die J. K. Rowling, Philip Pullman, Terry Pratchett oder Neil Gaiman inspiriert hat, um nur einige zu nennen.

Jones' bekannteste Bücher gehören zur *Chrestomanci*-Reihe, die sie zwischen 1977 und 2006 (!) geschrieben hat. Die Geschichten spielen in verschiedenen Parallelwelten, in denen Magie so schön ist wie Musik im Frühling. Auch in der *Harry Potter*-Reihe finden sich mehrere Hinweise auf diese Einflüsse des Schaffenswerks von Diana Wynne Jones. In *Neun Leben für den Zauberer* folgen wir den Geschwistern Gwendolen und Eric »Cat« Chant.

Der Hausdrache ist klein und ein wenig verwöhnt, er spricht perfekt Englisch und kann heißes wie kaltes Feuer spucken. Drachenblut ist eine wichtige Zutat in der Magie, doch da der Körper des Drachenbabys nicht

viel Blut enthält, wird es seinem Schicksal überlassen. Darum sieht er so ausgetrocknet, ja geradezu wie mumifiziert aus. Aber sobald der Drache etwas Nahrung erhält, normalisiert sich sein Aussehen sehr schnell.

Er mag keine Milch, aber er hat Hackfleisch probiert und findet es richtig gut. Auch gegrilltes Hühnchen, Pasteten und Kuchen isst er gern. Trotz seiner geringen Größe ist der Hausdrache unglaublich selbstgefällig und arrogant, eine Eigenschaft, die er mit seinen viel größeren Artgenossen teilt.

Es gibt zwölf Parallelwelten. 12B ist eine Welt, in der es gar keine Magie gibt. Drachen gibt es in verschiedenen anderen Welten, aber hauptsächlich in Welt 8. Jones schrieb mehrere Bücher über Drachen und Fantasy im Allgemeinen. Unter anderem das ultimative Handbuch über Fantasy, das Sachbuch The Tough Guide to Fantasyland.

BERGTING

Chrysophylax Dives

Bauer Giles von Ham (Farmer Giles of Ham), 1949
J. R. R. Tolkien

Chrysophylax ist der Antagonist des Buches *Bauer Giles von Ham*. Es spielt in einem fiktiven England des Mittelalters, in dem es Feuerwaffen und mystische Zauberwesen gibt. Tolkien schrieb es bereits 1937, aber es sollte bis 1947 dauern, bis es herausgebracht wurde.

Chrysophylax lebt eigentlich hoch oben in den Bergen. Er wird aber von einem Riesen ausgetrickst und in die unterhalb gelegenen Gebiete gelockt. Bauer Giles, ein gemütlicher und gutmütiger Mann, ist dem Riesen früher schon begegnet. Durch Zufall konnte Giles ihn damals mit seiner Büchse bezwingen und bekam zum Dank von seinem König das Schwert Caudimordax.

Der Drache ist stets sehr hungrig. Nachdem er einige der Dorfbewohner gefressen hat, trifft er auf Giles, dem es gelingt, die Flügel des Drachen schwer zu verletzen. Unfähig zu fliegen verspricht er den Dorfbewohnern seinen Schatz, wenn sie ihn leben lassen. Doch Chrysophylax bricht seinen Schwur. Der König sendet eine Truppe völlig unfähiger Soldaten aus, um Chrysophylax anzugreifen. Sie scheitern jedoch hoffnungslos.

Daraufhin kommt der ungeliebte König selbst in Giles' Dorf, um Ham zurückzuerobern und sich den Schatz anzueignen. Giles fordert die Krone des Königs, doch der weigert sich. Aber da taucht Chrysophylax, der sich unter einer Brücke versteckt hat, auf und vertreibt den König mit seinem Gefolge. Giles wird König – und ein ziemlich kluger, wie sich schnell zeigt. Seinen Bart lässt er sich bis zum Knie wachsen. Schließlich fliegt Chrysophylax wieder zurück in die Berge. Dort findet er aber einen jungen Drachen vor, der bereits seine Höhle übernommen hat. Selbstverständlich frisst er ihn auf und begibt sich danach auf die Jagd nach dem Riesen, der diesen ganzen Aufruhr verursacht hat.

Chrysophylax ist ein ganz typischer großer grüner Drache. Er ist listig, neugierig, sehr beachtlich und schnell erregbar, aber auch einer, mit dem man durchaus reden kann.

Bauer Giles von Ham *ist ein Kinderbuch und hat nichts gemeinsam mit den Büchern von* Der Herr der Ringe *und* Der Hobbit. *Caudimordax ist Latein und bedeutet in etwa »Schwanzbeißer«. Das Schwert hat die ungewöhnliche Eigenschaft, sich nicht in die Schwertscheide zurückstecken zu lassen, solange ein Drache in der Nähe ist.*

DRACO

Dragonheart, 1986
Rob Cohen

DRAGONHEART ist ein Fantasyfilm von Rob Cohen aus dem Jahr 1996. Er spielt im England des Mittelalters. Ritter Bowen war einst der Lehrer von Prinz Einon (gespielt von David Thewlis, der später in den *Harry Potter*-Filmen den Remus Lupin spielt). Während eines Dorfaufstandes wird Einon verwundet und seine Mutter kann einen Drachen überreden, einen Teil seines Herzens mit Einon zu teilen. Zum Teil, damit der Prinz überlebt, aber auch, damit er später als König das Reich mit Weisheit und Gerechtigkeit regieren kann. Aber Prinz Einon wird ein grausamer König, der sein Volk unterdrückt.

Ritter Bowen hat den jungen König früher in den Geboten der Ritterschaft unterwiesen. Er ist von der Grausamkeit seines Herrschers entsetzt und gibt wegen des angeblich vergifteten Herzens dem Drachen die Schuld. So hasst er Drachen und will alle töten, die er aufspüren kann.

Draco ist der letzte seiner Art und er kann glücklicherweise während eines Kampfes den Drachentöter Bowen überzeugen, ihn nicht zu töten. Gemeinsam ziehen sie danach durch das Königreich und inszenieren

Schaukämpfe für Dorfbewohner, um sie später um die Prämien für den getöteten Drachen zu erleichtern. Bowen weiß nicht, dass Draco der Drache ist, der sich ein Herz mit König Einon teilt.

Draco erklärt, er wolle Menschen und Drachen vereinen, um nach seinem Tod in den Sternenhimmel aufgenommen zu werden wie alle anderen würdigen Drachen. Solange Draco lebt, ist der König aber unsterblich und so ist es an Bowen, seinen Freund zu töten, indem er mit einer Axt Dracos Herz zerschlägt. Dracos Seele wird daraufhin in den Himmel aufgenommen und ein neues Sternbild erscheint.

Um dem Drachen eine Stimme zu verleihen, die wirklich mit Stärke und Würde verbunden wird, fiel die Wahl auf Sean Connery. Dracos Aussehen hat sehr viel gemein mit den Gesichtszügen Sean Connerys. Mit so einer unverwechselbaren Stimme ist es verständlich, dass dreißig Jahre später für Smaug die Wahl auf Benedict Cumberbatch fiel, der eine nicht weniger wiedererkennbare Stimme hat. Um bei klassischen englischen Schauspielern zu bleiben, die ihre Stimmen Drachen geliehen haben: Patrick Stewart (Professor X in *X-Men*, Captain Jean-Luc Picard in *Star Trek*) gab im vierten Teil der *Dragonheart*-Reihe *Die Kraft des Feuers* (*Battle for the Heartfire*) dem Drachen Drago seine Stimme. Diese ist natürlich in einem hervorragenden Oxfordenglisch gehalten und passt so perfekt zur Würde eines tonnenschweren, geflügelten Reptils.

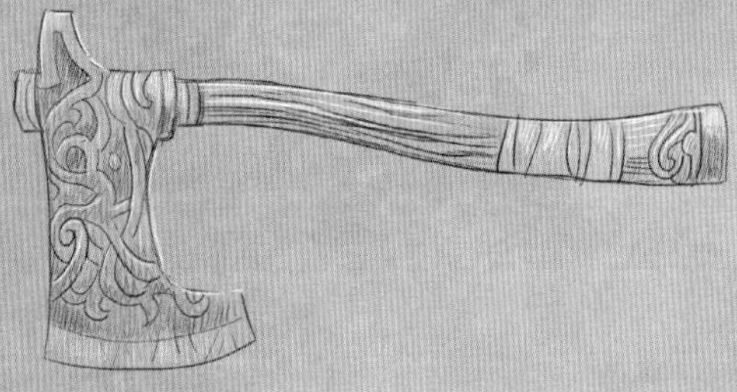

Es gibt übrigens noch mehr Verbindungen zwischen Dragonheart *und der* Harry Potter-*Reihe. Jason Isaacs, der als Lord Felton Ritter Bowen einstellt, kommt später in der Rolle des Lucius Malfoy zurück, der Vater von – genau – Draco Malfoy.*

Drogon, Rhaegal, und Viserion

Das Lied von Eis und Feuer (A Song of Ice and Fire), 1996
George R. R. Martin

George R. R. Martins Fantasyepos *Das Lied von Eis und Feuer*, besser bekannt als *Game of Thrones*, ist genau wie *Harry Potter* so bekannt, dass es keiner weiteren Vorstellung bedarf.

Man kann nicht von den Drachen in *Game of Thrones* sprechen, ohne Daenerys Targaryen zu erwähnen – die Mutter der Drachen.

Daenerys ist die Schwester des im Exil lebenden Prinzen Viserys III. Targaryen. Im Austausch gegen eine Armee der Dothraki-Krieger verheiratet er seine Schwester mit Khal Drogo, dem mächtigen Fürsten und Heerführer der Dothraki. Als Mitgift zur Hochzeit mit Drogo bekommt Dany drei versteinerte Dracheneier.

Nachdem Drogo in einer Schlacht lebensbedrohlich verwundet wird, geht Daenerys einen Pakt mit einer Hexe ein, die das Leben Drogos retten soll. Er überlebt, aber verweilt in einem zombiegleichen Zustand. Und der Preis für Drogos Leben ist hoch: Daenerys Kind stirbt bei der Geburt.

Die Dracheneier sehen alle unterschiedlich aus, aber sie zeigen bereits, wie die Drachen aussehen werden, wenn sie schlüpfen.

Als Drogos Körper auf einem aufgetürmten Holzstapel verbrannt werden soll, legt sich Daenerys dazu und nimmt ihre Eier mit in die Flammen. Nachdem sich der Rauch gelegt hat, richtet sich Daenerys unbeschadet aus der Asche auf und mit ihr die drei Drachen, die nun geschlüpft sind.

Drogon, Rhaegal und Viserion werden Daenerys Kinder und wachsen schnell. Sie sind launisch und hören nur auf ihre Mutter. Sind sie nicht bei Daenerys, fliegen sie herum und brennen Dinge nieder, fressen Schafe und benehmen sich, wie wilde Tiere es eben tun. Drogon, benannt nach Daenerys Ehemann, wird der Drache, auf dem sie reitet.

Nach nur wenigen Fernsehepisoden sind die drei Drachen vollständig ausgewachsen, was bei den Drachen in Tolkiens Mythologie noch Jahrhunderte dauerte.

Im ersten Abschnitt der letzten Staffel bekommt Jon Schnee (es stellt sich heraus, dass er ein Targaryen ist) seine erste richtige Flugstunde auf einem Drachen. Er sitzt auf Rhaegal und reitet ihn allein. Nach einem atemberaubenden Flug durch Täler und über Berge ruft er Daenerys zu, dass nun seine Begeisterung für Pferde vollkommen verflogen sei.

Viserion widerfährt ein dramatischeres Schicksal, als er den Nachtkönig trifft und dieser ihm einen Speer in den Hals schleudert. Getroffen und Feuer speiend stürzt der Drache in den gefrorenen See und stirbt. Weiße Wanderer, Wiedergänger, ziehen daraufhin Viserion an Ketten aus dem Eis. Bei seinem nächsten Auftritt erkennen wir ihn als wiederauferstandenen Eisdrachen. Mit seinem blauen Feuer schmilzt er die Mauer, die die Sieben Königreiche vor den Ländern nördlich der Mauer, den Wildlingen und den Untoten geschützt hat. Viserion stirbt gemeinsam mit dem Nachtkönig, der von Arya getötet wird.

Rhaegal stirbt völlig überraschend, als Euron Graufreud ihn mit unglaublicher Treffsicherheit und einer gigantischen Armbrust niederschießt. Drogon, der als Einziger überlebt, löscht die Stadt Königsmund (King's Landing) mit seinem Feuer vollständig aus. Bevor Daenerys ihren Platz auf dem Eisernen Thron einnehmen kann, wird sie von Jon Schnee (Aegon Targaryen) getötet. Drogon schmilzt mit seiner Flamme den Eisernen Thron, hebt mit seiner Klaue vorsichtig den toten Körper von Daenerys auf und fliegt davon. Wohin wissen wir nicht …

Die Drachen aus Game of Thrones *sind eigentlich Wyvern, da sie keine Vorderbeine haben. In den Büchern wird das Aussehen der Drachen nicht beschrieben. Dennoch entsprechen die Drachen aus der Fernsehserie den Vorstellungen von George R. R. Martin, denn er selbst bestimmte das Design. In einem Blogeintrag auf seiner Website erklärt er die Entwürfe: »Es gibt keine richtigen Drachen, das ist sicher. Aber es gibt Fledermäuse und Vögel und früher gab es auch den Pterodaktylus. Er stand Modell für die Drachen, so wie wir sie heute beschreiben würden. Es gibt kein Wesen in der Natur, das vier Beine hat und Flügel.«*

DUNKELZAHN

Shadowrun – Portfolio eines Drachen: Dunkelzahns Geheimnisse (Shadowrun, Portfolio of a Dragon: Dunkelzahn's Secrets), 1996
Steve Kenson, Mike Colton, Todd Bolling, Jon F. Zeigler

IN DER WELT DER ROLLENSPIELE finden sich selbstverständlich sehr viele Drachen, besonders in dem Spiel *Dungeons & Dragons* und dem schwedischen *Drakar och Demoner*. Eine der bekanntesten Figuren ist der Drache Dunkelzahn aus dem Spiel *Shadowrun*. Das Spiel ist in unserer Welt, aber in einer fiktiven Zukunft angesiedelt, inspiriert von William Gibsons Cyberpunk-Roman *Neuromancer*. Es ist eine Welt, in der Technik auf Schamanismus, Magie, Elben, Orks und Drachen trifft. Magie war immer dort vorhanden, aber nachdem die indianischen Schamanen, die genug hatten von Vorurteilen und Rassismus, im Großen Geistertanz (The Great Ghost Dance) die alte Magie entfesselt haben, ist nichts mehr wie vorher. Menschenkinder beginnen zu Orks zu mutieren. Andere werden als Zwerge oder Elben geboren. Ein Teil der Wesen, zum Beispiel Drachen, fallen in einen Tausende von Jahren andauernden Schlaf.

Dunkelzahn wurde vor über 15.000 Jahren geboren. Zu seinen Zielen gehört die Bewältigung des weit verbreiteten Rassismus. Er kandidiert für die Präsidentschaftswahl im Jahr 2057, die er mit nur knappem

Vorsprung gewinnt. Mit einer Autobombe wird er jedoch vor dem Watergate-Hotel getötet, nur wenige Stunden nachdem er vereidigt wurde. Der Tod des Drachen beeinflusst die Zukunft der Spieler und Welten, da Dunkelzahn ein umfangreiches Testament und dunkle Geheimnisse hinterlässt.

Dunkelzahn sah in den Büchern immer etwas unterschiedlich aus – ich selbst habe ihn mehrfach gezeichnet –, doch er war immer blau.

Das Spiel greift verschiedene Themen auf, die in der kommerziellen Spielwelt als kontrovers angesehen werden. Unter anderem ist Rassismus in der Spielwelt sehr verbreitet, in der die Menschen auf die »Metahumans« herabblicken.
Einige Spieler, die es zum Beispiel gewohnt waren, in anderen Fantasyspielen mit Elben und Zwergen zu spielen, mussten nun feststellen, dass sie wie Marionetten behandelt wurden.

Basierend auf den Büchern gibt es auch einen Fantasy-Animationsfilm aus dem Jahr 2008, unter anderem mit den Stimmen von Kiefer Sutherland, Lucy Lawless und Michelle Trachtenberg in den Hauptrollen.

Ember

Die Chronik der Drachenlanze (Dragonlance Chronicles), 1984
Margaret Weis, Tracy Hickman

Die Bücher und Abenteuer von *Drachenlanze* sind eine Erweiterung zu *Dungeons & Dragons* und bilden innerhalb der Spielwelt auch ein eigenes Kampagnensetting. Viele von uns haben die Bände immer wieder gelesen, bis sie auseinandergefallen sind. Und wir haben den Zauberer Raistlin, Tolpan Barfuß, Tanis, der Halbelf, und die anderen Figuren mindestens genauso in unser Herz geschlossen wie die neun Gefährten aus *Der Herr der Ringe*. Und erst die Drachen!

Die Bücher und Abenteuer, von denen die meisten mit den fantastischen Coverillustrationen von Larry Elmore erhältlich sind, spielen in der Fantasiewelt von Krynn.

Ember ist einer der Drachen aus der Reihe. Er ist enorm groß, rot und Furcht einflößend. Genau wie viele andere Drachen ist er sehr arrogant. Einmal muss er die Gestalt von Cerestes annehmen, einem Zauberer mit dunklem Haar und goldfarbenen Augen. In dieser menschlichen Form altert er auch wie ein Mensch.

Ember wird von einem anderen roten Drachen getötet, der altersschwachen Matafleur. Sie attackiert Ember in vollem Flug und stürzt mit ihm in die Berge.

Errol (Gutjunge Bündel Federstein von Quirm)

Wachen! Wachen! (Guards! Guards!), 1989
Terry Pratchett

Terry Pratchett ist ohne Frage der lustigste unter den Autoren des Fantasygenres. Zur Reihe der *Scheibenwelt*-Romane gehören einundvierzig Bücher.

Wachen! Wachen! ist das achte Buch aus der Reihe der *Scheibenwelt* (auf Englisch: *Discworld*). Die Welt ist eine platte Scheibe und wird auf dem Rücken von vier Elefanten balanciert, die wiederum auf einer gigantischen Schildkröte stehen. Die Themen der Bücher sind oft satirisch, etwas spöttisch und mit augenzwinkernden Verweisen auf Tolkien und andere Fantasyautoren versehen. Eine der Hauptfiguren, die in fast allen Büchern auftaucht, ist der Tod und ER SPRICHT NUR IN GROSSBUCHSTABEN.

Errol ist ein Sumpfdrache und eine der Hauptfiguren in dieser Geschichte, soweit man das sagen kann, denn es finden sich viele Drachen und Beschreibungen von Drachen in diesem Buch, die es wert wären, ein eigenes Kapitel in dieser Sammlung zu erhalten. Zum Beispiel der alternde Tautropfen Mabellin Klauenstoß der Erste oder Lord Rückenfreund Munterschuppe Klauenstoß III. von Ankh, der nur ganze vierzehn Daumen

groß war. Im Buch erfahren wir sehr viel über Errol. Zum Beispiel, dass sein Vater Baumbiß Hellschuppe war, der Drache von Brenda Roddes.

Leider hat Errol in der Gen-Lotterie die Niete gezogen, so beschreibt es jemand im Buch. Mutter Natur hat ihm ein schlechtes Blatt zugeteilt. Errols Kopf sieht aus wie der einer Ameise, mit enorm großen Augenbrauen, genau so groß (oder klein) wie seine Flügel. Als wir ihm zum ersten Mal in den Büchern begegnen, wird er als Wesen beschrieben, das man am liebsten mit nach Hause nehmen und als Tischfeuerzeug benutzen möchte.

Die *Scheibenwelt* wurde als Film und als Fernsehserie umgesetzt. Der Film *Terry Pratchett's The Color of Magic: Die Reise des Zauberers* hatte zwei großartige Schauspieler in den Hauptrollen – Sean Astin und Christopher Lee, beide bekannt aus *Der Herr der Ringe*. *Wachen! Wachen!* wurde immer wieder adaptiert, von Radio, Theater und Fernsehen bis hin zu Brett- und Computerspielen.

Fáfnir

Völsunga Saga, ca. 13. Jahrhundert

Fáfnirs Ursprung kann zurückverfolgt werden bis zu der isländischen *Völsunga Saga* aus dem 13. Jahrhundert, aber Felsenzeichnungen aus Schweden, datiert auf 1000 n. Chr., verweisen auf weit ältere Quellen.

Fáfnir ist einer der bekannteren Drachen aus der Mythologie. Er erscheint nicht nur in verschiedenen zeitgenössischen Produktionen, er war auch Inspiration für viele andere Drachen – Smaug ist zum Beispiel einer von ihnen. Gewissermaßen teilen Ancalagon und Glaurung, beide aus Mittelerde, ebenfalls einen Teil ihrer DNA mit Fáfnir. Tolkien war so sehr von der Geschichte und dem Schicksal Fáfnirs inspiriert, dass es sein gesamtes Schaffen gewaltig beeinflusst hat – von Bilbos Unterhaltung mit Smaug bis hin zum Ring selbst. In der Nordischen Mythologie wird der Zwerg Fáfnir vom Ring Andvaranaut und dem Gold des Zwergs Andvari verflucht, ähnlich wie Gollum in *Der Herr der Ringe*. Hier verwandelt sich Fáfnir jedoch in einen Drachen und kann so seinen Schatz beschützen. Darüber hinaus gibt es noch weitere Ähnlichkeiten zwischen den Arbeiten Tolkiens, der Nordischen Mythologie und der Geschichte Fáfnirs.

In Richard Wagners Opernzyklus *Der Ring der Nibelungen* tötet Sigurd Fáfnir, der in dieser Auslegung der Geschichte ein Riese ist. Um in den Besitz des mächtigen Rings zu kommen, bekämpft und tötet Fáfnir seinen eigenen Bruder.

Fáfnir erscheint in vielen weiteren Werken der Literatur und Kunst, in Film und Spielen. Eines dieser Beispiele ist die bekannte *Magnus Chase*-Serie von Rick Riordan. Er tritt in Marvel Comics und vielen Computerspielen, wie zum Beispiel *Final Fantasy XI*, auf, um nur einige zu nennen.

Fáfnir ist wahrscheinlich der präsenteste Drache der westlichen Kultur und mit Sicherheit derjenige mit dem meisten Einfluss auf das Genre Fantasy und die Popkultur.

Fun Fact: Thorin aus Der Herr der Ringe, der entschlossen war, den Arkenstein von Smaug wiederzubeschaffen, sollte ursprünglich Gandalf heißen. In der Nordischen Mythologie ist Gandalf nämlich eigentlich ein Zwerg.

Fáfnir

Fuchur

Die unendliche Geschichte, 1979
Michael Ende

Fuchur ist ein Drache, der in Phantásien beheimatet ist, einer rastlosen Welt geschaffen von Michael Ende. Bastian Balthasar Bux ist ein schüchterner und einsamer Junge, der gemobbt wird. Seine Mutter ist verstorben, sein Vater vergräbt sich in seiner Arbeit und ist nicht für den Jungen da. Bastian gerät durch Zufall in das Antiquariat des Buchhändlers Karl Konrad Koreander und stiehlt dort ein verzaubertes Buch, durch das unsere Welt mit der Welt Phantásiens verbunden ist. Bastian liest das Buch in einer Kammer unter dem Dach und wird in die Handlung hineingezogen. Er muss Phantásien und die Kindliche Kaiserin retten, bevor die Welt verschwindet.

Fuchur ist ein Glücksdrache. Sein Aussehen erinnert sehr an einen Drachen, der der japanischen Mythologie entspringt. Fuchur und Haku aus *Chihiros Reise ins Zauberland* könnten Cousins sein. Er wurde oft wie ein Hund dargestellt, mit Schuppen, Fell und einem unverkennbaren Hundekopf. In der Filmversion sieht der Drache meistens wie ein großer, weißer Golden Retriever aus, der es mag, hinter den Ohren gekrault zu werden.

Im Buch wurde er mehr wie ein orientalischer Drache beschrieben, mit perlmuttfarbenen, weiß und rosa schimmernden Schuppen, rubinfarbenen Augen, weißer Mähne und Fell an Schwanz und Beinen.

Seine Persönlichkeit erinnert uns an das, was wir mit einem asiatischen Drachen assoziieren: weise, würdevoll, gutmütig, wachsam – das ist typisch für einen Drachen im Taoismus.

Ein weiteres Merkmal ist Fuchurs Gesang, der wie »das Dröhnen einer riesigen Bronzeglocke« beschrieben wird. Wer jemals diesen Gesang gehört hat, vergisst ihn nie mehr. Fuchur kann blaues Feuer speien, auch etwas, das außergewöhnlich ist für einen orientalischen Drachen, die eher Rauch als Feuer spucken. Er hat zwar Glück in allem, was er tut, aber man vermisst die enorme Stärke, die eigentlich einen Drachen ausmacht. Die anderen Drachen benutzen ihre Größe und Stärke, um Furcht einflößend zu wirken, während Fuchur lieber freundlich ist und herumfliegt. Er kann in der Tat fliegen, während er schläft. Es gibt mehrere Glücksdrachen in *Die Unendliche Geschichte*, aber diese werden nur nebenbei erwähnt.

Fuchur ist ein Kamerad und Freund von Bastian und Atrèju. Fuchur erscheint und rettet das Leben von Atrèju, als dieser sein Pferd Artax verliert. Dabei handelt es sich wohl um die traurigste Szene in diesem Film. Atrèju gehört zum Volk der Grünhäute. Seine Haut ist olivgrün und er hat schwarze Haare, er ist ein stolzer Jäger und ein hervorragender Reiter. In der letzten Szene fliegen Bastian und Fuchur in unsere Welt und jagen seine Mobber durch die Straßen.

Die Bücher wurden auf Deutsch geschrieben. In der englischen Übersetzung wurde der Name Falkor verwendet, da der deutsche Name in der englischen Aussprache ein wenig zu sehr an ein Schimpfwort erinnerte. Der Name kommt wahrscheinlich von dem japanischen Wort Fukuryū (伏龍). Das Wort bedeutet »verborgener Drache« und nicht wie viele denken »Glücksdrache«. Der Name wurde auch von den Spezialkräften der kaiserlich-japanischen Marine während des Zweiten Weltkrieges verwendet, von den Kamikaze-Tauchern, die Japan vor einer Invasion der Alliierten schützen sollten.

Glaurung führt die Plünderung von Nargothrond an und belegt danach erst Fürst Túrin und anschließend dessen Schwester Nienor mit einem Bann. Er wird später von Túrin an der Schlucht Cabed-en-Aras getötet.

Glaurung

Das Silmarillion (Silmarillion), 1977, *Das Buch der verschollenen Geschichten (The Book of Lost Tales)*, 1983
J. R. R. Tolkien

Glaurung ist der Antagonist in *Das Silmarillion.* Der Band *Nachrichten aus Mittelerde* liefert eine interessante Beschreibung und einige Illustrationen. Besonders die Kapitel über Nienor und Tùrin geben einen faszinierenden Einblick in die Geschichte Mittelerdes.

Glaurung ist der größte Drache, den Morgoth je geschaffen hat (siehe auch das Kapitel »Ancalagon«). Er lebt in einer Zeit, lange bevor Smaug aus seinem Ei schlüpfen sollte. Morgoth brauchte jemanden, der sich mit den Noldor, den Hochelben, messen konnte. Die Stärke und Größe des Drachen können sich im Laufe der Jahrhunderte entfalten und er nimmt an vielen Schlachten gegen Elben und Menschen teil. In dieser Zeit wird sein Schutzpanzer dicker und stärker und er wird immer widerstandsfähiger. Dank Morgoth hat Glaurung die Fähigkeit, den Willen anderer zu kontrollieren, und er besitzt grundlegende Kenntnisse der Magie. Ein beeindruckender Helm schmückt sein Abbild. Dieser wurde einst von dem Zwerg Azaghàl geschmiedet, dem Fürsten der Stadt Belegost.

Glaurung wurde in vielen Illustrationen unterschiedlich dargestellt. Allen gemeinsam ist, dass sie die Formen eines Komodowarans haben. Über diese Tiere wurden einige Mythen verbreitet und sie erinnern an Monster und Drachen aus der Urzeit. Im Englischen heißen sie übrigens Comodo Dragon.

Glaurungs Haut ist nicht schuppig, wie man es sich vielleicht sonst bei einem Drachen vorstellen würde. Stattdessen ist sie rau wie Sandpapier oder die Oberfläche eines Felsens.

Die Autorin und Zeichnerin Inger Edelfeldt hatte die Ehre, Glaurung für die klassische Ausgabe von Nachrichten aus Mittelerde *aus dem Jahr 1980 zu illustrieren.*

Die meisten meiner Bilder verändern sich von der ersten Idee bis zum fertigen Bild, aber Glaurung blieb tatsächlich in allen Zeichnungen gleich.

Glaurung wurde mit dem Lindwurm, einem schlangenartigen Fabelwesen, verglichen. In einigen Texten wurde er unter anderem als Angbands große Schlange beschrieben, da er keine Flügel hat. Sein Tod erinnert an Siegfried und Fáfnir. Túrin liegt, wie Siegfried, eingegraben und verborgen in der Schlucht und wartet darauf, dass der Drache diese überfliegt. So kann Túrin ihm sein Schwert Gurthang in die Brust treiben und ihn töten.

Gorgobestor

Legenden om Morwhayle, 2011
Peter Bergting

Schon lange wollte ich sehen, ob ich in der Lage wäre, einen Fantasyroman zu schreiben. Und er sollte so werden, wie der, den ich als Teenager gelesen hatte. Ich kann das Buch immer noch vor mir sehen: Es war verblichen, mit einem abgegriffenen Einband und Eselsohren in den Seiten und ich habe es in irgendeiner Sommerhütte gelesen. Während ich schrieb, tauchte ich in die Welten und Figuren ein, die mich immer noch fast täglich begleiten. In die Bücher versuchte ich Themen einzubringen, die bisher für die Fantasyliteratur ungewöhnlich waren. Unter anderem zeigte sich schon nach einem Tag, dass die Heldin des Buches, Malda, eine ernsthafte emotionale Störung entwickelt haben würde.

Vor mehreren Jahrhunderten wurde die letzte große Schlacht in der Welt Peretenau geschlagen. Die Drachen verbündeten sich mit den Hexenmeistern und Zauberern. Aber als der Krieg vorüber war, wendeten sich die Zauberer gegen die Drachen, die von Reichtum und Macht angezogen wurden. Die Drachen mussten mit ansehen, wie sie gejagt und aus dem Land vertrieben wurden. Gorgobestor ist einer dieser Drachen,

die aber wieder zurückkehrten. Gleichgeschlechtliche Ehen sind bei Drachen nicht ungewöhnlich und Gorgobestor war mit Skymningstand verheiratet – einem der ersten der Großen Drachen, die im Magischen Krieg getötet wurden.

Gorgobestor und Malda haben eine starke Verbindung zueinander. Auch wenn es keinen anderen Freund gibt, der hinter Malda steht, ist der Drache immer für sie da, egal wie brenzlig die Schlacht wird.

Gorgobestor ist anders als all die typischen Drachen. Insbesondere ist er griesgrämig und sehr nachtragend, aber er liefert die härtesten Actionszenen des Buches ab. In einem Kapitel zerstört er zum Beispiel die Stadtbibliothek von Stockholm – oder in jedem Fall eine Bibliothek, zu der ich von diesem herrlichen Gebäude inspiriert wurde.

Im ersten Buch wird Gorgobestor von Maldas Bruder ein Auge ausgestochen und die zwei haben in der Folge ein sehr angespanntes Verhältnis, das auf wackeligen Beinen steht.

»Gorgo« taucht auch in der nächsten Reihe auf, *Trolldomsakademien*, und gibt ein Gastspiel in dem Serienroman, der im Feuilleton der Zeitung *Utopi* erschienen ist. Zu den Büchern gibt es auch ein Rollenspiel.

Der Zauberer Scurvley Briskit in einem Gespräch mit Gorgobestor außerhalb der Akademie für Hexerei.

Gregory und Scarlet

Das Schwert der Wahrheit (Sword of Truth), 1994
Terry Goodkind

Das Schwert der Wahrheit ist eine Buchreihe von Terry Goodkind mit inzwischen mehr als zwanzig Büchern, in denen wir den Abenteurern Richard Skiffer (Cypher) und Kahlan Amnell folgen. Die Bücher wurden in einer Fernsehserie verfilmt, die 2008 unter dem Namen *Legend of the Seeker* erschien.

Drachen sind magische Tiere und man dachte, sie seien ausgestorben. Gregory ist ein klassischer roter Drache. Er ist der Nachkomme von Scarlet, einem Drachen, der als das schönste Wesen beschrieben wird, das die Hauptfigur der Geschichte, Richard Skiffer, je gesehen hat. Es gelingt Richard, Scarlets Ei vor Darken Rahl (Richards Halbbruder) zu verstecken, der es nur zu seinem eigenen Vorteil nutzen will. Später gestattet Scarlet ihm aus Dank, auf ihr zu fliegen. Gemeinsam mit Richard gelingt es ihr, das Ei zu retten. Richard trifft Gregory wieder, als dieser bereits ausgewachsen ist. Gregory folgt ihm und bringt ihn zur Stadt D'Hara, als Dank für seine Rettung als Ei.

Alle Drachen haben eine instinktive Verbindung zum Drachenfriedhof Kuloth Vale, den die Drachen zum Sterben aufsuchen. Aber auch tote Drachen können wiederauferstehen, wenn man ihrem Herzen Feuer verleiht. Der Wächter von Kuloth Vale ist der uralte Drache Brom.

Die Buchreihe ist mit den fantastischen Coverillustrationen von Keith Parkinson versehen, einem der ersten Illustratoren von Dungeons & Dragons. Die schwedischen Rollenspieler verbinden die gleichen Bilder auch mit dem Rollenspiel Eon. Neogames, ein schwedischer Spieleverlag, hat über einen langen Zeitraum die großartigen Bilder Parkinsons aufgekauft, um seine Bücher damit zu gestalten, auch wenn sie nicht viel mit den Inhalten gemeinsam hatten.

HAKU

Chihiros Reise ins Zauberland
(Sen to Chihiro no Kamikakushi / Spirited Away), 2001
Hayao Miyazaki

HAYAO MIYAZAKI wollte einen Film für junge Mädchen schaffen, mit Abenteuern und Heldinnen, zu denen sie aufsehen konnten. Etwas, in dem es nicht um Romantik oder Liebe ging.

Chihiro landet nach einem Besuch in einem unheimlichen Vergnügungspark unabsichtlich in Kami, der shintoistischen Geisterwelt, und ihre Eltern werden plötzlich in Schweine verwandelt. Der Junge Haku rettet ihr Leben, Chihiro bleibt in der Geisterwelt und muss nun, wie Haku, für die Hexe Yubaba in ihrem Badehaus arbeiten. Haku ist immer sehr freundlich und hilft dem neu angekommenen Mädchen, wo er nur kann. Worte sind in dieser Welt sehr wichtig. Wenn Chihiro zum Beispiel sagen würde, dass sie gern nach Hause zurück möchte, würde sie in ein Huhn verwandelt, dazu verurteilt, so lange Eier zu legen, bis jemand sie aufisst. Sie unterschreibt einen Arbeitsvertrag bei Yubaba, um unbehelligt in der Geisterwelt leben zu können. Aber Yubaba nimmt Chihiro ihren Namen – was bedeutet, dass sie jetzt von ihr kontrolliert wird. Doch trotz allem vergisst sie ihren richtigen Namen nicht.

Haku (sein vollständiger Name ist Nigihayami Kohaku Nushi) ist eigentlich ein Drache aus der japanischen Geisterwelt, der sowohl die Gestalt eines Drachen als auch die eines Menschenkinds annehmen kann. Als Lehrling der Hexe Yubaba, die das Badehaus betreibt, tritt er als zwölfjähriger Junge auf. Als Drache hat er einen langen, weißen, schuppigen Körper mit einer mintgrünen Mähne. Im Unterschied zu Fuchur, von dem man annehmen könnte, er wäre ein Artverwandter, hat Haku eine Reihe von magischen Fähigkeiten. Das zeigt sich auch später, als Haku, ebenso wie Chihiro, Sklavenarbeit für die Hexe Yubaba verrichten muss. Indem Chihiro Haku an seinen richtigen Namen erinnert, ist er in der Lage, sie beide zu befreien.

Der Name Haku bedeutet »weiß« auf Japanisch. Haku ist in der Geisterwelt beheimatet, dort ist er der grüne Geist des Bernsteinflusses. Es gibt Gemeinsamkeiten mit Ryujin, dem Drachengott des Meeres, der sich genau wie Haku in einen Menschen verwandeln kann.

Ingeloakastimizilian

Vergessene Reiche (Forgotten Realms), 1987
R. A. Salvatore, Ed Greenwood

Vergessene Reiche ist eine Fantasywelt, geschaffen von Ed Greenwood Ende der 60er Jahre. Später wurde sie in das Rollenspiel *Dungeons & Dragons* aufgenommen, in dem sie schnell sehr beliebt wurde. Das ist auch zu einem großen Teil den Büchern von R. A. Salvatore zu verdanken, die dort angesiedelt sind. Besonders Tiefwasser wurde ein Lieblingsort der Spieler. Viele Abenteuer spielen auf dem Kontinent Faerûn.

In *Vergessene Reiche* gibt es viele verschiedene Typen von Drachen und noch mehr Untergruppen. Wahre Drachen werden mächtiger, je älter sie werden, und unter ihnen gibt es ebenfalls die Untergruppen der Chromatischen Drachen, die sich durch eine nicht reflektierende Färbung auszeichnen, und der Metallischen Drachen, deren Schuppen sich aus verschiedenen Metallen zusammensetzen.

Ingeloakastimizilian ist ein weißer Chromatischer Drache. Er lebt an einem Ort namens Immerschmelz (Evermelt), in einer versteckten Höhle im Eiswindtal am Reghed-Gletscher. Dort ruht er seit vielen Jahren auf

seinem angehäuften Schatz und ist bereits festgefroren. Er wird von dem Barbaren Wulfgar und dem Dunkelelfen Drizzt Do'Urden getötet.

Ein anderer Drache, Trübschimmer (Shimmergloom), war einer von vielen Schattendrachen, ebenfalls ein Wahrer Drache, der fast nur aus Rauch und Schatten gemacht zu sein schien. Schattendrachen sind in der Lage, die Zauberkunst zu erlernen, sie verbünden sich oft mit Magiern. Trübschimmer, dessen richtiger Name Haerinvureem ist, steigt aus der Unterwelt Unterreich auf, nachdem eine Gruppe von Zwergen auf der Jagd nach dem Metall Mithrill zu tief gegraben hat.

Vergessene Reiche ist nur eine von vielen Spielwelten in *Dungeons & Dragons*, jede mit ihren eigenen, unverwechselbaren Drachen. Einige der beliebtesten Welten sind Greyhawk, Dark Sun und Drachenlanze.

Der Kanaldrache von Venedig

Fillory – Der König der Magier (The Magician King), 2011
Lev Grossman

Grossmans Reihe wurde, genau wie die *Harry Potter*-Bücher, für Erwachsene geschrieben und unbestritten finden sich zwischen beiden einige Ähnlichkeiten. In *Fillory* folgen wir einer Gruppe junger Magier, die die geheime Zauberschule Blakebills in New York besucht.

Drachen sind ein wichtiger Handlungsbestandteil der Bücher, auch wenn sie nur sehr selten auftreten. Sie haben zwar Namen, aber es ist für Menschen unmöglich, sie auszusprechen. Darum erhalten sie ihre Namen nach den Orten, die sie bewohnen.

In den Büchern werden viele Drachen erwähnt, unter anderem einer, der in der Themse haust. Aber der Drache, dem wir gleich begegnen werden, ist der Kanaldrache von Venedig. Alle Drachen aus dieser Buchreihe leben unter Wasser, in Kanälen oder anderen Wasserläufen – etwas, das sie gemeinsam haben mit den Drachen aus dem Shintoismus und Taoismus. Diese orientalischen Drachen, die als Beschützer auftreten, werden deshalb auch Wasserdrachen genannt.

East-River-Drache

Drachen sind Sammler, die Tauschgeschäfte machen. Der Kanaldrache von Venedig besitzt zum Beispiel die Heilige Lanze, die einst die Seite von Jesus durchbohrte, und ebenso das Seil, mit dem sich Judas erhängte.

Drachen haben magische Fähigkeiten, sie können die Magie spüren und sind darum auch in der Lage, Portale zu öffnen. Der Drache von Venedig ist einer von sehr wenigen, die sich zwischen unserer und der Fantasywelt Fillory bewegen können. Drachen sind auch selbst Portale. Die Seelen der Unglücklichen, die von den Drachen gefressen wurden, werden durch sie in die Unterwelt transportiert.

Seiner Behausung zum Trotz ist der Kanaldrache von Venedig ein sehr traditioneller Drache, wie wir ihn eher in der europäischen Mythologie sehen, mit einem schlangenartigen Körper, Schuppen und Flügeln.

Die Bücher und die Fernsehserie *The Magicians* unterscheiden sich in vielerlei Hinsicht, so wurde der venizianische Kanaldrache durch einen anderen aus New York ersetzt. In der Episode »Home Improvement« der vierten Staffel tauchen Drachen im East River auf und helfen den Helden auf ihrem Weg zu ihrem Auftrag. In einer anderen Episode finden sich viele ironische Verweise auf weitere Drachen aus der Popkultur. Unser Protagonist, Quentin, taucht allerdings nicht in den Kanal, wie im Buch beschrieben, und das Treffen findet auch nicht unter Wasser statt. Wir machen ebenso Bekanntschaft mit einem Flüchtling, einem Abyss-Drachen aus der Episode »Der Abgrund«.

Als die Bücher im Jahr 2015 als Fernsehserie adaptiert wurden, entschied man sich, die Figuren älter darzustellen. Der Protagonist Quentin Coldwater wurde 22 anstatt 17 und die Schule Blakebills wurde zur Universität. Autor Lev Grossman war an der Entwicklung der Figuren beteiligt. Es zeigt sich später, dass die Fernsehserie nur eine von mehreren verschiedenen Zeitlinien ist, in denen sich die Figuren zwischen den unterschiedlichen Realitäten bewegen. Übrigens sieht man die Drachen in der Serie nie fressen, man weiß also nicht, wovon sie sich ernähren.

KATLA

Die Brüder Löwenherz (Bröderna Lejonhjärta), 1973
Astrid Lindgren

FAST ALLE schwedischen Kinder haben sicher *Die Brüder Löwenherz* gelesen – eine traurige Geschichte über zwei Brüder, die sterben und im Land Nangijala ankommen. Astrid Lindgrens klassische Geschichte um Karl »Krümel« und Jonathan handelt auch von einem bemerkenswerten Drachen: Katla.

Katla ist ein großer schwarzer Drache und dient dem Ritter Tengil. Wirklich Furcht einflößend ist Katlas Feuer, schon eine winzige Berührung der Flamme ist tödlich.

Wir alle, Kinder und Erwachsene, sind verängstigt bei dem Gedanken, dass Katla ihre Klauen selbst noch aus dem Sagenland in Junibacken nach uns ausstrecken könnte. Junibacken ist das Museum für schwedische Kinderliteratur in Stockholm, in dem man sich auf eine ausgiebige Tour durch die verschiedenen Welten von Astrid Lindgren begeben kann. Ohne Vorwarnung könnte Katla auftauchen, mit einem Gebrüll, das das Blut in den Adern gefrieren ließe. Sie ist so unheimlich und schrecklich, kein Drache nach ihr kann sich mit ihr messen.

Die meisten von uns kennen aber eher die Filmversion der Pinewood Studios. Ritter Tengil sitzt dort auf seinem Pferd, steht auf dem Bergkamm und bläst das Horn, mit dem er den Drachen kontrollieren kann. Katlas Gebrüll, das darauf hinter den Hügeln ertönt, lässt mir noch heute die Haare zu Berge stehen, wenn ich es höre.

Richtig gruselig sind auch Ilon Wiklands Illustrationen des Buches, als zum Beispiel Karl und Jonathan ihr Lager auf einer Klippe oberhalb der Karma-Schlucht aufschlagen, am Feuer sitzen und ein Gewitter über den Bergen aufzieht. Katla erscheint in den Bildern des Buches zweimal, einmal in der Schlacht um Heckenrosental und als sie, von Jonathan mit einem Stein getroffen, in die Karma-Schlucht fällt, in der der Lindwurm Karm lebt, woraufhin beide Ungeheuer im Kampf sterben. Wie vermutet ist der Lindwurm der Namensgeber der Schlucht.

Katla ist ein alter nordischer Name und bedeutet »Wasserkessel«. Es ist aber eher wahrscheinlich, dass Katla ihren Namen von dem gleichnamigen Vulkan auf Island erhalten hat. Astrid Lindgren erzählt nicht nur über schreckliche Drachen wie Katla, sie hat auch eine Novelle mit dem Titel Der Drache mit den roten Augen *geschrieben, die von einem kleinen, netten Drachen handelt, der von einem Schwein geboren wurde.*

Malefiz

Dornröschen (Sleeping Beauty), 1959
Erdman Penner, Charles Perrault

DORNRÖSCHEN ist ein Märchen aus dem 16. Jahrhundert, das in den folgenden Jahrhunderten viele Male nacherzählt und verändert wurde. Malefiz war nicht immer, wie vielleicht viele glauben, eine böse Fee. Sie basiert auf der Figur der bösen Schwiegermutter aus den alten Originalerzählungen. Es war erst Disney, die in ihrer animierten Version aus dem Jahr 1959 die herrliche Schurkin erschufen und sie sich in einen Drachen verwandeln ließen. Und was für ein Drache!

Als Fee ist Malefiz auffallend schön. Sie hat allerdings grüne Haut und dicke schwarze Hörner. Man könnte vielleicht annehmen, dass die Hörner zu ihrem Gewand gehören, doch später sehen wir sie an dem Drachen wieder. Als Drache ist Malefiz gewaltig. Sie ist muskulös, hat aber einen mächtigen Bauch und recht kleine Flügel, die sie kaum zu tragen vermögen.

Malefiz schließt sich in Dornröschens Schloss ein und verbarrikadiert es hinter sich mit einer Rosenhecke. Prinz Philip gelingt es mithilfe der guten Feen, sich durch die Hecke in das Schloss durchzuschlagen.

Dort trifft er auf den Drachen. Sein Schwert wurde von den guten Feen mit einem Zauber belegt, sodass es ihm gelingt, es in das Herz des Drachen zu stoßen. Malefiz stürzt von einer Klippe und stirbt.

Die Geschichte von Malefiz und Dornröschen wurde viele Male erzählt, zuletzt in der Filmreihe mit Angelina Jolie in der Hauptrolle. Ihre Maleficent verwandelt sich nicht in einen Drachen, aber sie trägt die charakteristischen Hörner und hat große schwarze Flügel.

Mushu

Mulan, 1998
Tony Bancroft, Barry Cook

Mushu ist seinem Aussehen nach ein typisch chinesischer Drache. Er ist wirklich sehr klein, hat aber eine außergewöhnlich große Persönlichkeit, die größtenteils aus einer unglaublichen Selbstüberschätzung besteht. Eigentlich ist Mushu der Schutzgeist der Familie Fa, doch im Film erhält er die nicht so würdevollen Aufgaben wie den Gong zu schlagen und den Weihrauch anzuzünden.

Als Fa Mulan sich die Haare abschneidet und als Mann verkleidet in die Schlacht ziehen will, erhält Mushu von den Ahnen aus der Krypta einen Auftrag. Er soll den großen Steindrachen wecken, der im Moment eine Statue ist, damit er Mulan beschützen kann und ihr Glück bringt. Aber Mushu misslingt es, den Drachen zu wecken. Nachdem er unglücklicherweise durch seine Dummheit die Drachenstatue zerstört hat, wird er nicht nur zum Beschützer von Mulan, dank ihm wird sie auch zur Heldin.

Mushu ist einer von vielen Drachen, denen durch die jeweiligen Schauspieler eine unverwechselbare, ikonische Stimme und Charakter verliehen wird, in diesem Fall durch Eddie Murphy. Es ist schwer, sich vorzu-

Der Film Mulan *basiert auf der chinesischen Legende von Hua Mulan.*

stellen, dass jemand anderer als Murphy diesem kleinen Drachen so viel Leben und Persönlichkeit hätte verleihen können. Und doch leistet im Deutschen Otto ebenso eine großartige Arbeit. So wie bei Draco und Smaug, haben die Schauspieler hinter den Figuren mehr Einfluss auf sie genommen, als ihnen nur eine Stimme zu geben. Die Figuren auf der Leinwand, mit all den ihnen eigenen Merkmalen und Ausdrücken, entstehen durch die gemeinsame Arbeit der Künstler und Animateure, oft bevor die Figuren gezeichnet und animiert werden.

Chinesische Drachen werden oft als Schlangen dargestellt, sie können aber auch wie Fische oder Schildkröten aussehen. Der König der Drachen hat neun Söhne, alle mit unterschiedlichem Aussehen und Eigenschaften. Drachen findet man oft in der Architektur und in Erzählungen. Einer der bekanntesten in Schlangenform ist Fu Xi.

Der Drache ist in China auch ein Sternzeichen. Das nächste Jahr des Drachen fällt auf das Jahr 2024. Wer im Jahr des Drachen 2012 geboren ist, ist ein Wasserdrache und somit energiegeladen und weitsichtig.

Ohnezahn

Drachenzähmen leicht gemacht (How to Train Your Dragon), 2003
Cressida Cowell

Die Erzählungen um Ohnezahn und Hicks entstanden eigentlich als Buch, aber dem breiten Publikum sind sie sicher besser durch die Filme von Dreamworks bekannt. Hicks der Hüne III., sein Schicksal und seine Abenteuer aus den Filmen haben jedoch nur sehr wenig gemeinsam mit den Büchern.

Ohnezahn ist im Original ein Seedragonus Giganticus Maximus und wird so gut wie nie gesichtet. In den Filmen ist Ohnezahn ein Nachtschatten, eine ganz andere Drachenart, aber genauso selten gesehen. Der Nachtschatten könnte eine Kreuzung aus einem geflügelten Panther und einem Kampfjet sein. Als Hicks und Ohnezahn im ersten Film Freunde werden, ist es auch das erste Mal, dass die Bewohner der Insel Berk einen Nachtschatten sehen.

Aber der vielleicht größte Unterschied zu den Filmen ist, dass Hicks, der in den Büchern die Drachensprache sprechen kann und die Drachen versteht, niemals auf Ohnezahn reitet. Stattdessen reitet er dort einen anderen Drachen. Windläufer (Windwalker) ist ein Luftdrache, der Schuppen und Fell hat. Ohnezahn ist in den Büchern viel kleiner als in den Filmen.

Frühe Konzepte zeigen den Drachen Ohnezahn viel kleiner und weit von dem Drachen entfernt, der schließlich auf der Leinwand zu sehen ist. Die Filmemacher sahen in Ohnezahn mehr ein geliebtes Haustier, eine Katze oder einen Hund. Das spiegelt sich auch im Verhalten Hicks dem Drachen gegenüber wider.

Potopor

Trolldomsakademien, 2014
Peter Bergting

Ich bin davon überzeugt, dass ein Drache auf jedem nur möglichen Tier basieren kann, also warum nicht ein Drache, der zur Hälfte ein Kaninchen ist? Potopor erscheint als Schüler in meiner Buchreihe über die *Trolldomsakademien* (»Akademie für Zauberei«).

Potopor ist der Neffe von Gorgobestor aus *Legenden om Morwhayle* und ist das schwarze Schaf der Familie. Er ist wirklich eine Kreuzung aus einem Drachen und einem Kaninchen, was von den anderen Drachen nicht gerade mit wohlwollenden Augen betrachtet wird. Die rauhaarigen Polwurischen Kaninchen sind nicht nur ungewöhnlich groß, sie sind auch Zauberkaninchen und so können sie sich mit anderen Arten paaren.

Gorgobestor kennt die Hintergrundgeschichte von Potopor und will nur, dass er eine gute Ausbildung bekommt. Der Drache ist einen Meter größer als die anderen Drachen in der Schule und hat rotes Fell und Schlappohren. Potopor hat kleine Flügel und kann anfangs nicht fliegen. Als während einer Fluglektion die anderen Schüler Dodos aus dem Fenster werfen, fühlt er sich sehr unwohl dabei und entwickelt eine Art Zusammengehörigkeitsgefühl mit diesen dicken, hässlichen Vögeln.

Als ich nach einem Namen gesucht habe, habe ich einfach Silben gemischt und dabei hat sich gezeigt, dass der Name, den er bekommen sollte, auf Japanisch »der das Feuer verbreitet« bedeutet.

RUTH

Drachenreiter von Pern (Dragonriders of Pern), 1967
Anne McCaffrey

PERN IST EINE Fantasywelt, die sich etwas von den traditionellen Welten unterscheidet. Es gibt dort eine sehr rückständige Technik, wie zum Beispiel Flammenwerfer, Telegrafen und Ähnliches. Die Drachenreiter gehören der Gilde der Weyr an, stehen aber außerhalb der politischen Ordnung. Die Drachen der Reihe werden zuallererst zur Bekämpfung der »Fäden« eingesetzt. Diese sind eine Art Sporen, die von außen in die Atmosphäre von Pern eindringen und tödlich sind. Sie vernichten alles, von der Ernte bis zu den Tieren und Menschen.

Anne McCaffrey will mit ihren Büchern die Drachenlegenden umkrempeln. Ihre Drachen sehen vielleicht aus wie die, die wir aus der europäischen Mythologie kennen, aber da enden auch schon die Gemeinsamkeiten. Die Drachen von Pern haben nichts gegen die Menschen und sie wurden aus kleinen Feuerechsen gezüchtet.

Ruth ist ein weißer Drache, der Einzige mit dieser Farbe in den Büchern. Der Drache erscheint zum ersten Mal im Buch *Die Suche der Drachen* (*Dragonquest*) und hat dann in dem späteren Buch *Der weiße Drache*

(*The White Dragon*) seinen großen Auftritt. Ruth wird als ein »er« beschrieben. Er hat die ungewöhnlich entwickelte Fähigkeit, durch Raum und Zeit zu navigieren, und ist äußerst intelligent. Sein Reiter ist Lord Jaxom von Ruatha Hold. Ruth ist von kleiner Gestalt, bei seiner Geburt nur ungefähr halb so groß wie alle anderen Drachen, aber er wächst zu einer normalen Größe heran, als er erwachsen wird. Im Unterschied zu den anderen Drachen wünscht sich Ruth niemanden zum Partner und er geht auch nicht mit den anderen Drachen auf Paarungsjagd.

Die Fantasykünstler und Brüder Greg und Tim Hildebrandt haben mehrere Cover illustriert und im Laufe der Jahre viele Drachen gezeichnet. Aber sie sind der Mehrheit wahrscheinlich besser durch die Plakate für den ersten Star Wars*-Film von 1977 bekannt. Tim Hildebrant hat später unter anderem auch die* Drachenreiter von Pern*-Kalender aus den Jahren 1984 und 1985 mit Bildern und Erzählungen illustriert. Sein im Kalender abgedruckter Golddrache basiert auf dem Kopf eines präparierten Leguans und dem Körper eines T-Rex, den er auf einer Sci-Fi-Convention gekauft hatte. Die meisten Illustratoren verwenden irgendeine Art von Modell, um die richtigen Größen, Farben und Lichtverhältnisse für ihre Figuren zu finden, und Tim hat unter anderem einen präparierten Alligator als Modell verwendet.*

Saphira

Eragon (The Inheritance Cycle), 2002
Christopher Paolini

Das Vermächtnis der Drachenreiter ist das erste Buch aus der Reihe von Christopher Paolini. Die Bücher spielen in der Fantasywelt Alagaësia. Paolini schrieb die Bücher als Jugendlicher und hat sie selbstständig, mithilfe seiner Eltern, im familieneigenen Verlag veröffentlicht. Er hat sogar die Illustrationen für die Umschläge selbst gestaltet. In den Büchern folgen wir dem Helden der Geschichte, Eragon, und seinem Drachen Saphira Bjartskular in ihrem Kampf gegen den Herrscher Galbatorix.

Saphira ist ein Drachenweibchen und die Einzige ihrer Art in *Eragon*. Ungewöhnlich an diesen Büchern ist, dass Eragon und Saphira eine telepathische Verbindung haben. Sie wurden in dem Moment miteinander verbunden, als Saphira geschlüpft ist und ein magisches Zeichen in Eragons Hand gebrannt hat. In kurzer Zeit wächst sie von einem süßen Drachenbaby zu einem ausgewachsenen Drachen heran und Eragon lehrt sie das Fliegen. In den Filmen erinnert Saphira sehr an Pegasus. Es ist nicht ungewöhnlich, dass sich Illustratoren wie in diesem Fall für ihre Drachen die Anatomie der Pferde zum Vorbild nehmen.

In den Filmen, die auf den Büchern basieren, leiht Rachel Weisz dem Drachen ihre Stimme.

SCATHA

Die Rückkehr des Königs (The Return of the King), 1955
J. R. R. Tolkien

J. K. ROWLINGS BÜCHER über Harry Potter wurden vielleicht viermal mehr verkauft als das bekannteste Werk von J. R. R. Tolkien, *Der Herr der Ringe*, aber keine andere Buchreihe hat das Genre Fantasy so sehr geprägt wie die Erzählungen über Frodo, Gandalf, Legolas und die anderen Gefährten aus der Gemeinschaft des Rings. Und auch wenn einige der Drachen nicht in den Handlungen auftreten, werden sie doch genannt und sind historisch gesehen wichtig.

Scatha erscheint zum ersten Mal im Anhang zu *Die Rückkehr des Königs* im Kapitel über das Haus Eorl. Scatha ist zu diesem Zeitpunkt schon seit vielen, vielen Jahren tot, nimmt jedoch dennoch eine kleine, aber wichtige Rolle in der Handlung ein. Scatha lebte in den Grauen Bergen und war ein schlangenähnlicher Drache. Er hatte in seiner Höhle einen großen Schatz gehortet, aus dem später auch das Silberhorn kommt, das Eowyn dem Hobbit Merry zum Dank für seine geleisteten Dienste schenkt. Es ähnelt dem, das Boromir als das Horn von Gondor trug.

Nach der Schlacht gegen Sauron kehren die Hobbits ins Auenland zurück. Während ihrer Abwesenheit wurde das Auenland von Orks überrannt und industrialisiert. Merry wendet das Horn an, um die Truppen noch einmal zu einem letzten großen Gefecht zu sammeln. Dabei werden neunzehn Hobbits getötet und die überlebenden Orks vertrieben.

Smaug

Der Hobbit (The Hobbit), 1937
J. R. R. Tolkien

Eigentlich kennt jeder die Erzählungen über die unfreiwilligen Abenteuer von Bilbo, dem Hobbit. Er wird vom Zauberer Gandalf überredet, in einer Gemeinschaft von Zwergen auf die Jagd nach dem gestohlenen Schatz der Zwerge zu gehen. Smaug ist wahrscheinlich der Drache, über den mehr als über all die anderen Drachen in diesen Büchern geschrieben wurde. Er wurde mehrere Hundert Male gezeichnet. Aber genau wie bei allen anderen Verfilmungen der *Der Herr der Ringe*-Trilogie und den späteren Filmen zu *Der Hobbit* wird die Filmversion für immer das Bild des Drachen prägen. In diesem Fall wird das noch verstärkt durch die Stimme von Benedict Cumberbatch, der dem computeranimierten Smaug seine Stimme lieh.

Smaug ist ein Feuerdrache, der letzte seiner Art, und ist in den östlichen Teilen von J. R. R. Tolkiens Welt Mittelerde beheimatet. Nachdem Smaug die Zwergenstadt im Einsamen Berg überfallen hat, nimmt er den riesigen Schatz der Zwerge an sich, legt sich darauf und verbringt die nächsten 171 Jahre damit, ihn zu beschützen.

Thorin Eichenschild schickt den Hobbit Bilbo aus, um so viel wie nur möglich von dem Zwergenschatz zurückzustehlen. Bilbo sieht, dass Smaug auf Gold und Diamanten liegt und dass sie bereits zu einem Teil seines Brustpanzers geworden sind – aber es gibt eine ungeschützte Stelle an seinem Bauch. Dank des magischen Rings wird Bilbo unsichtbar, doch Smaug kann den Eindringling riechen. Da er aber noch nie zuvor einen Hobbit getroffen hat, kann er den Geruch nicht zuordnen und so beginnt er ein Gespräch mit Bilbo.

Das Aussehen des Drachen unterscheidet sich vom Text über das Cover bis hin zum Film teilweise stark. Im Buch *Der Hobbit* steht, dass er Flügel wie eine immense Fledermaus, ein rotgoldenes Fell und eine glänzende Brust hat, die mit Gold und Edelsteinen bedeckt ist. Seine Haut an Kopf, Körper und Beinen schimmert smaragdgrün.

Smaug wird von Bard getötet, einem Soldaten und Bogenschützen aus Seestadt. Zu seinem Glück hat er den schwarzen Pfeil in seinem Köcher und es gelingt ihm, Smaug an seinem ungeschützten Fleck zu treffen und zu töten.

Tolkiens Drache hat Flügel und vier Beine, genau wie Smaug aus der Filmversion im Prolog zu Der Hobbit: Eine unerwartete Reise. *Aber später entschied man sich, ihn umzugestalten, und zeigte nun die Vorderbeine als mit Klauen versehende Flügel. Im zweiten Teil der Filmtrilogie,* Smaugs Einöde, *hat Smaug gar keine Vorderbeine mehr. Dort ist er, technisch gesehen, kein Drache mehr, sondern ein Wyvern, ein mythisches Wesen, das wie ein Reptil mit zwei Beinen, Flügeln und Schwanz beschrieben wird. Er hat auch etwas mit den Drachen aus* Game of Thrones *gemeinsam.*

Smaug in der Filmversion aus Der Hobbit, *designt von Weta Workshop, 2013*

Smaug in Tolkiens eigener Version, aus Der Hobbit, *1937*

Strabo bedeutet so viel wie »schielen« auf Latein.

STRABO

Landover-Zyklus *(The Magic Kingdom of Landover), 1986*
Terry Brooks

TERRY BROOKS ist ein amerikanischer Fantasyautor und seine Bücher sind die meistverkauften weltweit in diesem Genre. Seine postapokalyptischen Bücher über Shannara spielen 2000 Jahre nach einer Katastrophe, die jede Technik und fast alle Menschen ausradiert hat. Der *Landover*-Zyklus lässt sich leicht lesen und hat ein humorvolles Thema: Ben Holiday, ein gelangweilter Anwalt, antwortet auf eine Annonce und kann sich einfach so ein magisches Königreich kaufen, in dem er später folglich auch König wird.

Ein immer wiederkehrendes Thema ist, dass viele Drachen die Letzten ihrer Art sind. So ist es auch hier mit dem Drachen Strabo. Er kann durch den Feennebel bis in unsere Welt fliegen. Strabo hat magische Fähigkeiten und ist nicht immer nur böse, aber auch nicht richtig gut. Er ist ohne Zweifel der mächtigste Bewohner seiner Welt. Sein einziger wirklicher Feind ist die Hexe Nachtschatten. Strabo ist ungefähr zwölf Meter lang, hat fledermausartige Flügel und seine Haut ist schwarz und mit Stacheln und Schuppen besetzt.

TEMERAIRE

Die Feuerreiter Seiner Majestät (Temeraire), 2006
Naomi Novik

DIE FEUERREITER SEINER MAJESTÄT ist einzigartig und so etwas wie eine alternative Geschichtsschreibung über die Napoleonischen Kriege, nur mit Drachen. Als England gegen Napoleon in den Krieg zieht, geschieht dies auf dem Rücken von Drachen. Nur wenige andere Werke in der Literatur sind so zentral auf dem Thema Drachen, ihrer Aufzucht und Pflege sowie ihrer Kultur aufgebaut.

Die Bücher handeln von dem Drachen Temeraire und seinem Drachenreiter William Laurence. Gemeinsam mit anderen dienen sie im Luftkorps und haben ihren festen Platz in der Flugformation.

Captain William hat gerade einen Angriff der Napoleonischen Flotte abgewehrt und findet auf einem Schiff ein Drachenei. Panik breitet sich aus, da das Ei kurz vor dem Schlüpfen steht. Ein Drache bindet sich nur dann an einen Menschen und akzeptiert ihn als Reiter, wenn ihm dieser Mensch kurz nach der Geburt vorgestellt wird, sonst wird er zu einem Wilden Drachen und kann nicht mehr gezähmt werden. Zu Wills Unglück wendet sich der Drache ihm zu, doch sie werden schnell Freunde

In der Buchreihe gibt es viele verschiedene Drachen aus unterschiedlichen Kulturen. Temeraire ist ein chinesischer Drache und verwandt mit Mushu, Fuchur und Haku.

und entwickeln eine tiefe Kameradschaft, wie man sie selten zwischen Drachen und Menschen sieht. Dieses tiefe Band lässt William auch die Versetzung von der Flotte zum Luftkorps und das Leben eines Drachenpiloten überstehen.

Drachen haben einen sehr unterschiedlichen Status in dieser Welt. Die Drachenaufzucht wurde schon seit der Zeit des Römischen Reiches betrieben und in England gelten Drachen als vergleichbar mit Pferden, nur etwas intelligenter. In China, wo eine ganz andere Kultur vorherrscht, betrachtet man die Drachen als höchst geachtete Wesen, oft mit einem höheren Status als Menschen. Aber nicht alle Drachen haben es gleich gut, in Russland zum Beispiel sind sie gepeinigte Kreaturen und es geht ihnen dort sehr schlecht.

Alle Drachen der Reihe können sprechen und die meisten von ihnen sind mehr oder weniger redegewandt. Schon im Ei lernen sie die Sprache.

Tintaglia

Das Geheimnis der Seelenschiffe und weitere Reihen
(The Realm of the Elderlings), 1995–2017
Robin Hobb

Robin Hobb heißt eigentlich Margaret Astrid Lindholm Ogden. Ihre bekanntesten Bücher handeln von den Uralten, Elderlings, deren Geschichten in verschiedenen Büchern und Trilogien erschienen sind und sich über einen langen Zeitraum erstrecken.

Tintaglia ist ein hellblauer Drache mit einer schimmernden Haut, die ihn fast silbern erscheinen lässt. Wie viele andere Drachen ist sie arrogant und eitel. Drachen galten lange Zeit als ausgestorben, Tintaglia ist der erste Drache seiner Art, der nach der Katastrophe geboren wurde.

Ein Uralter ist ein Mensch, der sich durch den Kontakt mit den Drachen verändert hat. Er ist größer, mit Schuppen bedeckt und hat klauenartige Hände. Das erscheint jetzt vielleicht nicht so vorteilhaft, aber es ist eine große Ehre, auserwählt zu werden, und ein Uralter geht eine sehr starke Verbindung mit seinem Drachen ein. Aber auch die Uralten sind mit der Katastrophe ausgestorben, denn es lebten keine Drachen mehr, denen sie so nahe sein konnten.

Die Drachen in Robin Hobbs Buchreihe werden aus Kokons geboren, die wie dicke Äste aussehen. Sie werden Hexenholz genannt, weil das Wissen über Drachenkokons verloren gegangen ist. Die Hauptfigur, Malta Vestrit, findet in den Ruinen der Uralten-Stadt Frengong ein Ei. Sie legt ihre Hände auf das Ei und so kann der Drache Tintaglia sein Bewusstsein mit dem Geist und den Erinnerungen der Uralten vertraut machen.

Tintaglia nimmt später den Drachen Eisfeuer zum Mann, den einzig bekannten ausgewachsenen männlichen Drachen.

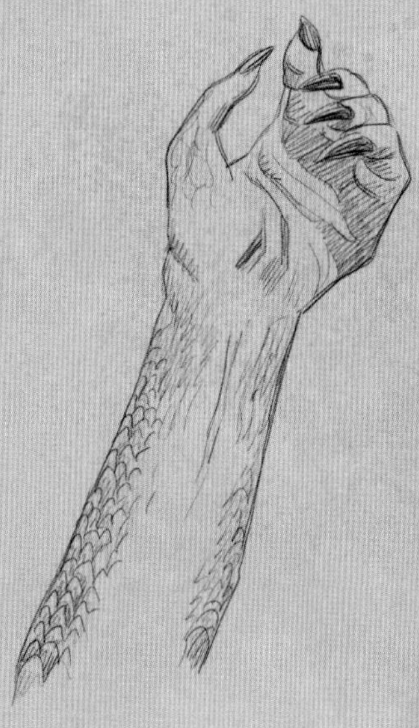

John Howe, vor allem bekannt durch seine Tolkien-Illustrationen, hat auch Robin Hobbs Bücher über Tintaglia illustriert.

Ungarischer Hornschwanz

Harry Potter und der Feuerkelch
(Harry Potter and the Goblet of Fire), 2000
J. K. Rowling

Eine Vorstellung Harry Potters und seiner Welt wird wohl kaum nötig sein. Aber diejenigen, die die Bücher nicht gelesen haben, die dem jungen Harry ab seinem elften Lebensjahr folgen, sollten wissen, dass er ein Zauberer ist. Dadurch eröffnet sich eine ganz neue, magische Welt.

Drachen sind ein wichtiger Bestandteil der Mythologie von *Harry Potter*. Im Trimagischen Turnier kämpft Harry gegen den Ungarischen Hornschwanz. Er gehört zu einer der gefährlichsten Drachenarten und ist ein Menschenfresser. Eine der genauesten Beschreibungen liefert Rons Bruder, Charlie Weasley, der nach dem Studium in Hogwarts nach Rumänien reist, um dort die Drachen zu studieren. Es sind auch Harrys Freunde, die sich Hagrids Drachen Norbert – ein Norwegischer Stachelbuckel – annehmen.

Der Film unterscheidet sich von der Buchversion, denn dort ist es Dumbledore, der den Drachen nach Rumänien schickt. Aus dem Buch wissen wir auch, dass Norbert eigentlich Norberta und ein Drachenweibchen ist.

Ungarischer
Hornschwanz.

Die Drachen in *Harry Potter* sind nicht nur außergewöhnliche Monster, man kann sie auch für sehr praktische Dinge in der magischen Welt nutzen. Unter anderem werden Herzfasern der Drachen als Kern der Zauberstäbe verwendet. Aus der Haut und den Schuppen der Drachen werden Kleidung und Schilde gefertigt. Drachen werden nicht gezüchtet und der Handel mit Dracheneiern ist strengstens verboten. Neben dem Ungarischen Hornschwanz und dem Norwegischen Stachelbuckel werden auch Drachen wie der Schwedische Kurzschnäuzler, der Chinesische Feuerball und der Gemeine Walisische Grünling genannt. Einen der Drachen sollte man auf keinen Fall vergessen: den halb blinden Ukrainischen Eisenbauch, ein Bewachungsdrache, der das Gewölbe der Gringotts Zaubererbank schützt und sehr bösartig und leicht reizbar ist. Nach mehrfachen metallischen Geräuschen, die ihn an seine schmerzhafte Dressur mit glühenden Schwertern erinnern, wird er rasend, befreit sich, bricht aus der Bank aus und fliegt davon. Aber wer würde nicht aggressiv werden, wenn er in Gringotts Gewölbe gefangen gehalten würde?

Wenn man einen Drachen in der Wirklichkeit sehen will, braucht man sich nur in die amerikanischen Universal Studios zu begeben – dort sitzt auf dem Dach der Bank in der Winkelgasse ein Drache – oder die Warner Brothers Studios in London, wo man die Drachen hautnah erleben kann.

So wie bei Smaug wurde auch hier darüber debattiert, ob die Drachen in *Harry Potter* Wyvern sind.

Norberta, der Norwegische Stachelbuckel, kurz nach der Ankunft in Rumänien.

Vermithrax

Der Drachentöter (Dragonslayer), 1981
Matthew Robbins und Hal Barwood (Drehbuch),
Wayland Drew (Buchautor)

D*er Drachentöter* ist ein Fantasyfilm aus dem Jahr 1981. Die Hauptrolle wurde von Peter MacNicol übernommen. Er spielt Galen, einen jungen Magier, der allerdings seine Fähigkeiten enorm überschätzt. *Der Drachentöter* war über lange Zeit der Film, an dem sich alle anderen Fantasyfilme mit Drachen messen mussten.

Vermithrax (Vermithrax Pejorative) ist ein greiser, ungefähr 400 Jahre alter Drache, der als böse und abgezehrt beschrieben wird und in ständigen Schmerzen lebt.

Die Handlung ist etwas kompliziert. Vermithrax kämpft zweimal gegen Galen. Beim zweiten Mal wirft Galen die Asche seines Meisters Ulrich in den brennenden See der Drachenhöhle. Dadurch wiederauferstanden erscheint Ulrich und teleportiert sich und den Drachen auf eine Bergspitze, wo er Vermithrax herausfordert. Der Drache ergreift Ulrich und fliegt mit ihm davon. Galen zerstört das Amulett, das er von Ulrich erhalten hat, und im selben Moment explodiert das magische Amulett gemeinsam mit dem Drachen und tötet ihn. Das ist vielleicht nicht das würdigste Ende, aber immer noch besser als das von Ember, der in einen Berg einschlägt.

Vermithrax kommt auch in der Fernsehserie Game of Thrones *vor, als ein Drache, der vom Haus Targaryen aufgezogen wurde. Sein Schädel wird im Roten Bergfried in Königsmund aufbewahrt.*

Die Buchreihe wurde von Hayao Miyazakis Sohn, Goro Miyazaki, und Studio Ghibli verfilmt. Le Guin hatte Zweifel, daran mitzuwirken, aber nachdem sie Mein Nachbar Totoro *(*Tonari no Totoro / My Neighbor Totoro*) gesehen hatte, war sie ganz hingerissen von den Arbeiten des japanischen Animationsstudios.*

Yevaud,
Drache von Pendor

Die Chroniken von Erdsee (Earthsea), 1968 (1964)
Ursula K. Le Guin

Die Buchreihe um Erdsee ist einer der großen Klassiker der Drachenliteratur und wird von vielen Lesern geliebt. In den Büchern werden indianische und nordische Mythologien miteinander verwoben. In dieser Welt sind Magie und Zauberer selbstverständlich, die Menschen leben gemeinsam mit den Drachen. Erdsee, zusammen mit der Welt Asunda, steht in der Welt der Fantasyliteratur etwas abseits, da hier die Hauptfiguren dunkelhäutig sind.

Yevaud ist einer der ersten Drachen, denen wir begegnen. Seinen ersten Auftritt hat er in der Kurzgeschichte »Die Namensregel« (»The Rule of Names«) aus dem Jahr 1964. Er lebt auf der Insel Pendor, einer der westlichen Inseln. Eines Tages kommt ein geheimnisvoller Fremder auf der Insel an und sucht den ansässigen Zauberer auf. Als der Fremde ihn zum Kampf herausfordert und siegt, bindet er ihn mit der Nennung seines wahren Namens an seine eigentliche Gestalt – die sich als der Drache Yevaud herausstellt. Daraufhin übt der Drache Vergeltung an den Bewohnern der Insel.

ZOLKUNN

Asunda-Universum (*Asunda* Universe)
Sebastian A. Jones

ASUNDA war zunächst ein Rollenspiel, das später in der Comicserie *The Untamed* adaptiert wurde. Inzwischen sind daraus mehrere Subserien hervorgegangen. Gemeinsam mit den *Chroniken von Erdsee* von Ursula K. Le Guin unterscheidet sich *Asunda* von der Mehrheit des traditionellen Fantasygenres, da die Hauptpersonen dunkelhäutig oder von gemischter Herkunft sind. Die Serie wurde kürzlich vom amerikanischen TV-Sender HBO aufgegriffen, der hinter großen Produktionen wie *Westworld* oder *Game of Thrones* steht. Eine Fernsehserie ist in Planung.

Der Drache Zolkunn ist ein Teil der Schöpfungsgeschichte von Asunda. Er ist der Sohn von Grom – einem Erddrachen – und ein Cousin von Zunn – einem Sonnendrachen. Zolkunn schoss aus dem glühenden Magma empor und als die Sonne auf den neugeborenen Drachen schien, verwandelten sich seine Schuppen in schimmerndes Gold.

Drachen oder drachengleiche Wesen sind in den Schöpfungsmythologien weit verbreitet, wie zum Beispiel der Leviathan aus der hebräischen Bibel, Nidhöggr in der nordischen oder Mušḫuššu in der sumerischen Mythologie.

Größenvergleich

Ancalagon
Gorgobestor
Katla
Fuchur

Drachentöter in der Popkultur

Jennifer Strange *Mensch, lebt in England. Zu ihrer großen Verwunderung findet sie heraus, dass sie der letzte Drachentöter ist. Bis zu dem Tag, an dem wieder ein Drachen zu töten ist, arbeitet sie in einer Zaubereragentur, macht Werbung und trägt gesponserte Kleidung.*

Buffy Summers *Mensch und Vampirjägerin, aufgewachsen in Sunnydale. Zu Beginn noch Cheerleaderin erfährt sie bald, dass sie die Auserwählte und eine Vampirjägerin ist. Sie tötet in der Comicserie zu* Buffy – Im Bann der Dämonen *den Drachen Morgala, indem sie einen roten Edelstein von der Stirn des Drachen reißt, wodurch der Drache verschwindet.*

Bard der Bogenschütze *Mensch und Nachkomme von Girion, dem letzten Fürsten von Thal. Girion stirbt, als Smaug mit seinem Feuer die Stadt Thal niederbrennt. Bard kann Smaug später mit seinem schwarzen Pfeil töten. Er baut die Stadt wieder auf und als neuer König gibt er sich den Namen Bard I. von Thal.*

Túrin Turambar *Mensch. Sohn von Húrin Thalion und Morwen Eledhwen. Er wächst bei den Elben auf, die ihn adoptiert haben. Túrin lebt ein ziemlich unregelmäßiges Leben, bis er den Drachen Glaurung mit seinem Schwarzen Schwert Gurthang an der Schlucht Cabed-en-Aras tötet.*

Skizzenbuch

Furcht einflößend oder nicht – ein T-Rex ist einem Drachen ziemlich ähnlich.

Das Aussehen der Drachen scheint ganz klar einem Trend zu folgen. Die modernen Drachen sind heute viel stacheliger.

Ich war immer von John Howes klassischen Zeichnungen der Nazgûl auf ihren geflügelten Untieren fasziniert.

Es ist schwer, fliegende Drachen anmutig aussehen zu lassen. Darum zeichne ich sie normalerweise sitzend oder zusammengerollt.

Ich bevorzuge schlanke und witzige Drachenbabys.

Literaturverzeichnis

- *Dragons of Krynn*, Margaret Weis & Tracy Hickman, 1994
- *Inside HBO's Game of Thrones*, Bryan Cogman, 2012
- *The Art of Spirited Away*, Hayao Miyazaki, 2002
- *Drakar gudar & andar i den kinesiska mytologin*, Tao Tao Liu Sanders, 1985
- *The Art of Dreamworks Animation*, Ramin Zahed, 2014
- *The Fantasy Art Techniques of Tim Hildebrandt*, Jack E. Norton, 1991/2000
- *The Fantasy Book*, Franz Rottensteiner, 1978
- *Fornnordiskt lexikon*, Åke Ohlmarks, 1983
- *100 symboler som avslöjar universums hemligheter*, Sara Bartlett, 2016
- *Djävulens liv och leverne*, Ronald Grambo, 1992
- *Symboler – En uppslagsbok*, J. C. Cooper, 1993
- *The Dragons of Eden: Speculations on the Evolution of Human Intelligence*, Carl Sagan, 1977
- *The Encyclopedia of the Occult*, Lewis Spence, 1988
- *Tolkiens sagovärld – En vägledning i J. R. R. Tolkiens författarskap*, Paul H. Kocher, 1973

ONLINE-QUELLEN (Zugriff am 17.6.2019)

tolkiengateway.net/wiki/Chrysophylax

sv.wikipedia.org/wiki/Den_oändliga_historien

en.wikipedia.org/wiki/Dragon_(Middle-earth)

narnia.fandom.com/wiki/Dragon

themagicians.fandom.com/wiki/Dragons

atolkienistperspective.wordpress.com/2013/11/13/dragons-vswyverns-the-question-of-smaug/Drakar

lexicon.dragonlancenexus.com/index.php/Ember

www.pottermore.com/features/everything-you-need-to-know-aboutdragons

en.wikipedia.org/wiki/Guards!_Guards!

ghibli.fandom.com/wiki/Haku

harrypotter.fandom.com/wiki/Hungarian_Horntail

en.wikipedia.org/wiki/Katla_(dragon)

en.wikipedia.org/wiki/List_of_dragons_in_mythology_and_folklore

en.wikipedia.org/wiki/List_of_The_Neverending_Story_characters

inheritance.fandom.com/wiki/Saphira

en.wikipedia.org/wiki/Smaug

en.wikipedia.org/wiki/Spirited_Away

lotr.fandom.com/wiki/The_Book_of_Lost_Tales_Part_Two

edmundfairfax.com/2016/11/26/the-early-germanic-dragon/

en.wikipedia.org/wiki/The_Eyes_of_the_Dragon

en.wikipedia.org/wiki/The_Sword_of_Truth

en.wikipedia.org/wiki/Tooth_and_Claw_(novel)

lotr.fandom.com/wiki/The_Book_of_Lost_Tales_Part_Two

edmundfairfax.com/2016/11/26/the-early-germanic-dragon/

en.wikipedia.org/wiki/The_Eyes_of_the_Dragon

en.wikipedia.org/wiki/The_Sword_of_Truth

en.wikipedia.org/wiki/Tooth_and_Claw_(novel)